FENIX RENACIDO

Rafael A. Martí

Traducion de Ramón Hernández

authorHOUSE®

AuthorHouse™
1663 Liberty Drive
Bloomington, IN 47403
www.authorhouse.com
Phone: 1 (800) 839-8640

This is a work of fiction. All of the characters, names, incidents, places, organizations, and dialogue in this novel are either the products of the author's imagination or are used fictitiously.

Published by AuthorHouse 04/01/2015

ISBN: 978-1-5049-0518-3 (sc)
ISBN: 978-1-5049-0517-6 (e)

Print information available on the last page.

This book is printed on acid-free paper.

AuthorHouse™
1663 Liberty Drive
Bloomington, IN 47403
www.authorhouse.com
Teléfono: 1-800-839-8640

Esta es una obra de ficción. Cualquier parecido con la realidad es mera coincidencia. Todos los personajes, nombres, hechos, lugares, organizaciones y diálogos en esta novela son o bien producto de la imaginación del autor han sido utilizados de manera ficticia.

Publicada por AuthorHouse 04/01/2015

ISBN: 978-1-5049-0518-3 (tapa blanda)
ISBN: 978-1-5049-0517-6 (libro electrónico)

Información de la imprenta disponible en la última página.

Las personas que aparecen en las imágenes de archivo proporcionadas por Thinkstock son modelos. Este tipo de imágenes se utilizan únicamente con fines ilustrativos. Ciertas imágenes de archivo © Thinkstock.

Este es un libro impreso en papel libre de ácido.

AGRADECIMIENTOS

Para mi familia y todos los veteranos de las Fuerzas
Armadas de Estados Unidos - ¡Vigilancia y Valor!

RENUNCIA

Los personajes y acontecimientos descritos en este libro son meramente obras de ficción. Cualquier parecido con alguna persona real o un evento no es más que una coincidencia. Lenguaje para adultos y relatos violentos.

QUEMADO
PARTE 1

AGRADECIMIENTOS

Para James A. Atwood y Roberto Rossi. Un tipo no podría pedir mejores amigos en todo el mundo.

PRÓLOGO

Nathan Christopher Styles se encuentra en la banca del parque, sin casa, frío y muy solo. Caen las hojas, el otoño está aquí y solo pasa el corredor de ocasión. El viento es fuerte, pero no brutal todavía. Está hambriento, destrozado y tiene muchísima necesidad de ayuda. Obstinadamente se niega a pedirle ayuda a su familia. Tal vez se reirían de como el poderoso ha caído o tal vez lo ayudarían por compasión. Es demasiado orgulloso para rogar y solo ha estado sin hogar por menos de veinticuatro horas. Nunca pensó que llegaría a estar tan mal, pero por desgracia el destino es como un amante cruel e implacable.

Solo hace un día que estaba en su apartamento cuando su esposa le dejó caer la bomba.

"Te quiero, pero ya no estoy enamorada de ti," le dijo ella con indiferencia.

Ella lo echo de su casa esta mañana solo con su identificación, pasaporte y un pequeño maletín de viaje con una muda de ropa dentro. Para colmo, ella destruyó sus tarjetas de crédito la noche anterior cuando dormía, y cerró sus cuentas de mancomunadas de cheques y ahorros un día antes, haciendo desaparecer toda su liquidez económica sin ningún esfuerzo. Es como si fuera un espía y que había recibido la noticia de que sería quemado. Tiene muy poco dinero; había vendido rápidamente su coche viejo y usado un par de horas antes por tan solo ochocientos dólares para tener algo de dinero. Un dinero que tiene que hacer rendir en caso de que no encuentre a alguien que le ayude. No tiene vivienda y el alquiler de una habitación de hotel ya no es una prioridad, solo sus funciona su teléfono celular y no sabe a quién hablarle. Su mente todavía está reviviendo la discusión y ruptura de su matrimonio.

Por suerte fue soldado y sabe cómo sobrevivir en la intemperie su fuese necesario. No solo fue un mero soldado, sino un soldado elite de una unidad de operaciones especiales, por lo que la supervivencia será más fácil para el que para el fulano común y corriente. Ahora reconstruir su vida podría llegar a ser mucho más complejo que sobrevivir.

CAPITULO UNO

Shelley Styles es pintoresca, de pelo largo rubio fresa, de físico delgado y con los ojos azules más impresionantes que uno pudiese contemplar. Ella es la diosa de la belleza entre los simples mortales. Tan bonita como una rosa, pero para sorpresa de Nathan Christopher, esta rosa tenía muchas espinas escondidas.

Nathan Christopher todavía recuerda cuando ella lo llamaba el hombre de sus sueños--no sabía que se convertiría la mujer de sus pesadillas. Ahora su matrimonio ha terminado y debe aclarar su mente y actuar o perderá su trabajo también. Decide llamar a su supervisor para solicitar algo de tiempo libre.

"Hola Steven, habla Nathan Christopher," dice por su teléfono celular.

"¿Hola Nate, que puedo hacer por usted?"

Nathan Christopher odia que lo llamen Nate, pero lo deja pasar por alto. Tiene que ser diplomático para que acepte su petición.

"Necesito tomar dos semanas de vacaciones de emergencia."

Steven Baker es un empresario que no le gustan las cosas sin sentido. La única raspadura de su armadura es que tiene un gran corazón y por lo tanto a veces puede mostrar señales de ser compasivo. Después de escuchar la odisea de Nathan Christopher, le concede el tiempo libre que le pidió.

Ahora es el momento para crear una estrategia y pedir favores. Le marca a su mejor amigo, Rob Rossinelli. Explica a Rob todo lo ocurrido.

"Quédate donde estas, estaré allí en media hora, te puedes quedar en mi casa Rob le informa al abrumado Nathan Christopher.

Nathan Christopher está muy agradecido por su entrenamiento táctico que le proporciona el don de recuperarse rápidamente después de un shock, analizar la situación y utilizar recursos limitados. Este entrenamiento le ha permitido reaccionar más rápido para tratar de rectificar su dilema que a la mayoría de la gente. Lo ha hecho recuperando la compostura, llamando a su jefe y su hermano de armas. El podría poner su mente en paz ahora si tan solo pudiera pasar de la confusión a encontrar la respuesta de por qué su matrimonio termino tan abruptamente. Aun ahora su mente lo quiere traicionar debido a su esquizofrenia paranoide y trastorno de ansiedad, pero sus instintos y su formación es lo que lo mantiene a flote.

Treinta y tres minutos más tarde, que le parecieron como tres horas, Rob aparece para recogerlo. Rob estuvo en el ejército con él, llevando a cabo operaciones negras o trabajos sucios, misiones altamente clasificadas que no son siempre oficialmente sancionadas por el gobierno de

Estados Unidos. Muchas veces se salvaron la vida uno al otro durante misiones sumamente peligrosas en algunos de los peores lugares de la tierra. Cada uno estaría dispuesto a dar la vida por el otro si la situación lo requiriera.

"Styles, tomé un descanso del trabajo para poder llevarte a mi apartamento y puedas relajarte y ordenar tus pensamientos. Cuando termine de trabajar podemos hablar más sobre esto y tal vez pueda ayudarte en alguna otra forma."

"Gracias Rob, te lo agradezco."

CAPITULO DOS

El crepúsculo llega y el cielo empieza a oscurecer más en Filadelfia, Pensilvania. La Corporación de Control de Crisis Internacional, que trabaja las veinticuatro horas del día es una corporación dedicada a evacuar y repatriar a los viajeros ejecutivos de lugares peligrosos a través del mundo en tiempos de crisis, es también donde Nathan Christopher trabaja. Ellos utilizan métodos de fuentes abiertas de inteligencia para predecir donde pueden ocurrir problemas en todo el mundo y decidir si necesitan gastar su tiempo y dinero en tal situación. Nathan Christopher ha estado trabajando aquí desde hace un año. Su primer trabajo como civil después de haber tenido que salir, sin ceremonia, del ejército de Estados Unidos.

Ahora a Steven Baker le falta su mejor coordinador de operaciones y los teléfonos suenan sin parar. Se arrepiente de haberle concedido vacaciones de emergencia a Nathan Christopher cuando lo necesita desesperadamente aquí. Sea como sea, él tomó la decisión y ahora tiene que lidiar con las consecuencias. ¿O es así? El simplemente puede rescindir la aprobación y ordenarle a Nathan Christopher volver al trabajo.

Después de todo, hay una gran crisis que se suscitó en Corea del Sur después de que el Norte tomo como rehén a un barco patrulla de Corea del Sur. Ambas partes se están preparando para la guerra y Nathan Christopher es el único que puede sacar a un ejecutivo muy importante atrapado en la zona. Decide revocar la aprobación de vacaciones de emergencia y llamar a Nathan Christopher.

¡Ring! ¡ring! ¡ring!

"¿Hola?"¡Mierda! piensa al responder la llamada al darse cuenta un poco tarde quien está en el otro extremo.

"Nate, siento causarte inconveniencias, pero temo que te necesitamos", dice Steven.

Steven explica la situación y Nathan Christopher a regañadientes acepta la misión.

"¡Genial! agarra tu pasaporte y pasa por aquí para ver darte un adelanto; vas a ir al lejano oriente."

"Sí, genial", dice con un deje sarcástico en su voz. "Corea, aquí voy."

"Voy a terminar de informarte cuando llegues."

CAPITULO TRES

El apartamento de Rob donde Nathan Christopher acababa de terminar de tragarse una comida rápida antes de la llamada de su jefe". Nathan Christopher informa a Rob de la situación y de su nueva misión de trabajo.

"Te necesito para que me recopiles algo sucio de Shelley cuando yo este fuera. Necesito saber por qué por me echo y lo que está haciendo."

"Seguro. Voy a tomar un tiempo libre de trabajo y checar cosas para ti."

"Tengo que comprar un poco más de ropa y recoger mi adelanto de la oficina. Vuelvo para ducharme y empacar. Por cierto, ¿puedo tomar prestado tu vehículo?

"Aquí están las llaves. ¿Cuánto tiempo te vas a tardar?"

"Una hora, cuando mucho," sabiendo muy bien que los trastornos de esquizofrenia y ansiedad le dificultan viajar en un vehículo y mucho más conducirlo, hecho que elige ocultarle a Rob porque aún no quiere admitírselo a sí mismo.

Dos horas y doce minutos después Nathan Christopher regresa con unmaletín de viaje y un poco de ropa adicional. Le arroja a Rob las llaves del vehículo, le da las gracias, se disculpa por el retraso en regresar y se va al baño para afeitarse y ducharse. Después de vestirse de traje y corbata, empaca elmaletín de viaje y le pide a Rob que lo lleve al Aeropuerto Internacional de Filadelfia. El viaje en auto es tranquilo y sin incidentes, excepto para Nathan Christopher quien continua batallando silenciosamente con los demonios en su cabeza debido a su enfermedad mental. Rob siente que algo no está bien, pero atribuye el comportamiento ansioso de su mejor amigo al nerviosismo previo a la misión. Una vez que llegan al aeropuerto Rob lo ve entrar por la puerta principal.

El aeropuerto está lleno de escenas de caos controlado con cientos de personas yendo cada una a su propio destino. Podía ver a los niños jugando mientras sus padres esperaban impacientes en la cola para registrarse; hombres y mujeres de negocio hablando por sus *Blackberrys* y cansados viajeros disfrutando unas copas en el bar. El sigue su camino hasta donde los aviones privados están ubicados. Una vez allí se registra, pasa a través de la puerta de salida y aborda el avión privado de la compañía.

Corea, ¡aquí vamos otra vez! piensa, mientras recuerda la vez anterior cuando estuvo en Corea siendo un soldado de las Fuerzas Especiales con el ejército de EE.UU. Estaba atrapado en la Zona Desmilitarizada entrenando soldados de la República de Corea sobre tácticas de combate de guerrillas. Fue una de sus misiones más aburridas. La comida era estupenda siempre y cuando se mantuviese uno alejado del *kimchi*; sin duda se necesita desarrollar el gusto para eso. La mayor parte de su estancia allí se mantuvo fiel a comer la comida rápidapara militares que le daban.

CAPITULO CUATRO

Rob tiene su propia misión - y no es una fácil - buscar trapos sucios de Shelley Styles, lo que requerirá ser sigiloso y astuto. El tendrá que buscar en basureros y vigilar con vídeo, sin la licencia correspondiente de un investigador privado. Si lo descubren, podría enfrentar algunos serios problemas con la ley, pero una promesa es una promesa y sin duda hará su tarea.

Él llama a su jefe y recibe el tiempo libre que pide, luego prepara el equipo que requerirá para cumplir su objetivo y conduce hacia el estacionamiento del lugar de trabajo de Shelley en la corporación Viaje a su Destino, mayorista de paquetes vacacionales a pequeñas agencias de viajes en Estados Unidos. Allí vigila afuera, esperando a que salga del complejo de oficinas. Se trata de una tarea tediosa y aburrida pero, ¿cuándo ha sido emocionante esperar? Le trajo imágenes a la mente de algunas de las operaciones que realizo en el servicio, date prisa y espera la oportunidad adecuada para actuar. El tiempo finalmente llega y, usando binoculares, se da cuenta que ella entra en su coche. El tendrá que seguirla sin que sea observado y la sigue.

Ella se detiene en una casa lo que le parece extraño a Rob, no es ningún lugar de domicilio de familiares o amigos de ella o de Nathan Christopher. Quizás ella aún está horas de trabajo y visita a un cliente que trabaja en casa. Cuando de repente un hombre Afro-Americano alto, sin playera, macizo, aproximadamente de la edad de ella abre la puerta y saluda con un apasionado beso allí mismo, en el porche. Rob registra todo el encuentro amoroso en camera. Utilizando su táctica de encubrimiento y ocultamiento, Rob sigue sin ser detectado mientras que la pareja continúa exhibiendo públicamente su afecto, sin darse cuenta en ningún momento que están siendo grabados en vídeo.

¡Por eso ella dejo a Styles! Esto es algo bueno. Styles se va enojar, pero él quiere saber lo que pasa con su distante esposa y ya lo sé, piensa el.

Él continúa grabando el abrazo amoroso de la pareja y la entrada de ellos a la que parece ser domicilio del chico. Habiendo hecho su trabajo, Rob decide ir aldomicilio de los Styles y usar la llave de Nathan Christopher, siempre y cuando todavía funcione, para buscar en la basura para ver qué otras cosas puede encontrar. El conduce para ir a hacer precisamente eso.

CAPITULO CINCO

Seúl, República de Corea. Ha sido un agotador vuelo nocturno para llegar hasta aquí, pero él está de regreso después de muchos años. Ahora hay que encontrar al Vicepresidente Ejecutivo de Operaciones del Lejano Oriente de la corporación *Exellon*, sacarlo antes de que el aeropuerto cierre y todos los vuelos sean cancelados debido a la amenaza de una guerra inminente con el Norte.

El Gobierno Federal ya ha emitido una advertencia a todos los ciudadanos americanos para evacuar la península. Desafortunadamente para Nathan Christopher la persona a la cual se supone debe rescatar no está prestando atención a las recomendaciones del Gobierno Federal. Es por eso que el Presidente de la corporación *Exellon* llamo al Control de Crisis Internacional y pidió que alguien volara a Corea del Sur para sacar del país a su empleado expatriado y llevarlo de regreso a territorio estadounidense.

Encontrar ahora al Señor Stan Kilwoski va a ser un poco problemático. Las personas en las calles se dirigen más hacia el sur tratando de escapar de lo que pronto será una zona de guerra. Es puro caos y a través de este desorden Nathan Christopher debe desplazarse al hotel donde el Señor Kilwoski se está quedando.

Llega al Hotel American Eagle y entra. Atrás del mostrador de recepción hay una refinada mujer de Corea del Sur.

"Hola, estoy buscando uno de sus huéspedes, un tal Señor Stan Kilwoski. ¿Sabe si él está? "

"¿Quiere que yo llame a su cuartó?" dice con un fuerte acento coreano.

Ella llama a la habitación y le informa al Señor Kilwoski que tiene una visita esperándolo en el vestíbulo. El Señor Kilwoski le dice que ira en un momento.

Siete minutos más tarde, el Señor Kilwoski aparece en el vestíbulo y lo saluda Nathan Christopher. El es informado sobre la razón por la cual Nathan Christopher vino a buscarlo. A regañadientes acepta el hecho de que debe ser evacuado y pide tiempo para empacar. El tiempo le es concedido, pero es tiempo que no pueden darse el lujo de perder. Nathan Christopher examina el ornamentado ambiente a su alrededor. Observa la cascada en el vestíbulo del hotel y los acabados de latón en ciertas partes del hotel. Es sin duda un hotel de cinco estrellas, pero parece ser un lujoso pueblo fantasma. Se dirige hacia donde están los sofás, las sillas y la enorme pantalla plana de televisión empotrada en la pared. Está en un canal de noticias americano de veinticuatro horas y se está debatiendo la crisis actual en la península. Entonces mencionan que el aeropuerto ha sido oficialmente cerrado. ¡Maldición! , piensa, tendrán que encontrar otra forma para salir del país.

Esto les deja una sola opción. Ellos deben llegar a la Embajada de los Estados Unidos, y es necesario que lleguen rápidamente. Kilwoski regresa con su maletín de viaje y maletín y su rescatador lo pone al tanto de las noticias. Salen pronto hacia la embajada.

CAPITULO SEIS

La búsqueda de Rob por la basura y el condominio de los Styles resulta infructuosa. Sale y solo momentos después llega Shelley Styles a casa. Se topan en el estacionamiento.

"¿Que te trae aquí Rob?"

"Estoy buscando a Nathan Christopher."

"Bien, él ya no vive aquí. Me sorprende que no lo sabías."

"No sabía. No he sabido de el en cuatro días."

"*¿En verdad?*" Bueno, trata de llamarlo y si hablas con él, dile que venga a sacar sus cosas de mi casa.

"Yo no lo aguanto más. Además, ha estado actuando raro últimamente."

"Raro, ¿cómo?"

"Raro. Duerme con una pistola debajo de la almohada. Creo que le están viniendo a la mente imágenes de combate o algo así".

"Gracias por decírmelo. Voy a tener que llamarlo a su teléfono celular y ver cómo le va."

Dicen adiós y cada uno se va por su lado. Shelley va hacia su condominio y Rob se sube en su vehículo, suspira con alivio de que no lo descubrió en entrando a su casa sin permiso.

CAPITULO SIETE

¡Ring! ¡Ring! ¡Ring!
"Soy Nathan Christopher. Hábleme."
"Hola Nate, soy yo Steven. ¿Encontraste a Kilwoski?"
"Si, vamos en camino a la embajada ahora."
"Bueno. Asegúrate de que los dos salgan a salvo."
Nathan Christopher cierra su teléfono celular y empuja las molestas voces fuera de su cabeza. Ha escuchado estas voces antes, pero él ha sido capaz de bloquearlas con efectividad --hasta ahora. Siente como si fuera a sufrir otro episodio psicótico - igual como cuando su padre murió hace aproximadamente un año. Y para colmo, no trae su medicamento consigo--está en su antiguo domicilio en los Estados Unidos.

Las cosas se están tornando sombrías. El debe llegar con Kilwoski a la embajada y debe hacerlo rápidamente antes de que entre en un estado delirante. Le insta, a quien está a su cargo, correr por las atestadas calles. Las calles están bien iluminadas con sus letreros de neón brillando para guiarlos por el camino. A Kilwoski le causa pánico la multitud que, casi pisoteándolo, va hacia el sur. Cierra filas con Nathan Christopher, su salvador. Mientras tanto su héroe para un taxi.

"Adashi, Embajada de los Estados Unidos ¡y apresúrese!"

El taxista conduce tan rápido como el tráfico le permite y los lleva a la embajada. Salen del taxi, pagan al conductor y corren a la puerta. Hay dos marinos montando guardia. Muestran sus credenciales americanas y les concede acceso a la embajada. Una vez dentro, son escoltados a un vehículo que forma parte de una flotilla que pronto saldrá hacia el sur a la Base de la Fuerza Aérea de Osan. Veintiséis minutos más tarde, el convoy se pone en camino hacia su destino.

CAPITULO OCHO

Los vehículos del gobierno, escoltados por vehículos militares salen de la embajada norteamericana y se dirigen hacia el sur. Nathan Christopher ve las luces de neón de la ciudad las cuales se vuelven borrosas cuando su esquizofrenia paranoide a provocarle algunas alucinaciones. Lo hace todo lo posible por mantener alejadas las ideas delirantes. Está en una misión de gran importancia y debe mantenerse centrado.

El Señor Kilwoski se da cuenta que algo o está bien con Nathan Christopher y esto lo llena de preocupación y mucha ansiedad. Si su salvador se va a desplomar entonces ¿Cómo puede cerciorarse de su propia seguridad?

"¿Estas bien?"

"Si, es que necesito mi medicamento que deje en los estados," le dice susurrando.

"¿Medicamento para qué?"

"Para esquizofrenia paranoide y trastorno de ansiedad. No se preocupe, todavía estoy bajo control".

Sí que está preocupado. El supuesto héroe del Señor Kilwoski es un manojo de nervios. Una vez que esté en casa -- si es que llega a casa -- se encargará de

16

reportar su descontento a la corporación de Control de Crisis Internacional. La amenaza de Corea del Norte es realmente peligrosa. Las noticias de la radio del taxi informan sobre pequeños intercambios de armas de fuego en la zona desmilitarizada. Además, los coreanos del norte están acumulando sus fuerzas a lo largo de la zona desmilitarizada preparándose para un ataque total.

Nathan Christopher le pregunta al representante de la embajada a bordo de su vehículo si puede telefonear a la base de la Fuerza Aérea de Osan para que le consigan algún medicamento antipsicótico y para la ansiedad. El representante utiliza su teléfono celular y llama a su contacto en Osan. Después de una breve conversación cierra su teléfono celular.

"Tendrán los medicamentos listos para usted cuando llegue allí."

"Gracias."

CAPITULO NUEVE

Están acercándose a la base aérea cuando una ráfaga de artillería errante golpea el toldo del convoy de los vehículos militares ocasionando que el segundo vehículo militar se estrelle contra el vehículo en llamas. Los otros vehículos del convoy frenan y se detienen. Los soldados que quedan evalúan la situación y tratan de controlar a los evacuados que están entrando en pánico y gritando.

"Habla Eco Charlie Uno a Osan, ¡el primer vehículo fue alcanzado por la artillería y se llevó al segundo vehículo! ¡Necesitamos evacuación médica en estas coordenadas! ¡Vamos a dejar un equipo militar aquí de guardia hasta que lleguen aquí! ¡Continuaremos en ruta a su ubicación! "

"Eco Charlie Uno, habla Osan, ¡la evacuación médica está en camino! ¡Continúe en ruta hasta este lugar!"

Nathan Christopher lucha contra las alucinaciones y trata de enfocarse en el problema actual. Se les dice a los ruidosos evacuados asustados que permanezcan en sus coches, que conducen el convoy a modo de sacarle la vuelta a los vehículos destrozados.

Después de un viaje lleno de peligros por fin llegan a la Base Aérea de Osan y el representante de la embajada escolta a Nathan Christopher y al Señor Kilwoski a la clínica médica. En el camino, Nathan Christopher se da cuenta de la conmoción y la salida y llegada de vuelos. Las alucinaciones están empezando a empeorar debido al estrés de la situación y teme que puede comenzar a alucinar otra vez como cuando su padre murió el año pasado.

Llegan a una clínica temporal, cerca de la pista y Christopher Nathan consigue sus medicamentos y de inmediato se mete dos pastillas en la boca, toma agua y traga. Va a tomar algún tiempo para que los medicamentos hagan efecto; mientras tanto Kilwoski aún esta aterrorizado por su cercana experiencia con la muerte.

Ellos son escoltados hasta un avión de carga C-130 y se suben con destino a los Estados Unidos. El C-130 despega. Su próxima parada es la Base Aérea March en el sur de California. Justo cuando despegan, la guerra se desata en toda la península. Han logrado salir justo a tiempo, sin embargo, Kilwoski sigue molesto. ¡Cómo se atreven a enviar a un peón incompetente con problemas mentales a rescatarme!

A su llegada a la Base Aérea March, Nathan Christopher escolta a Kilwoski al aeropuerto de Los Ángeles en un coche de alquiler. Mientras van en la carretera Nathan Christopher telefonea a Rob para informarle de su hora de llegada. Al llegar aeropuerto de Los Ángeles abordan a sus respectivos vuelos, uno camino a Nueva York y el otro a Filadelfia.

CAPITULO DIEZ

Rob recoge a Nathan Christopher en el Aeropuerto Internacional de Filadelfia.

"Nathan, necesitamos hablar."

"Rayos"

"Me entere porqué Shelley quiere divorciarse de ti."

Pasa a explicar sus hallazgos durante su vigilancia. Nathan Christopher esta devastado por la noticia de que su esposa ha estado teniendo un amorío. Todo el tiempo le tuvo confianza cuando tenía reuniones tardes o se marchaba a su clases de aeróbicos. Ahora se da cuenta que eran excusas para alejarse y reunirse con su amante. Siente como si realmente no la conociera en absoluto, y esto rompe su corazón. No sólo se siente traicionado, sino también enfurecido. ¿Cómo pudo quemarlo de esa forma destrozando sus tarjetas de crédito y cerrando sus cuentas bancarias mancomunadas? Es como si hubiera algo más allá de la ruptura de su matrimonio y está decidido llegar al fondo de esto.

"Por si fuera poco, ella quiere que saques tus cosas de su domicilio tan pronto como sea posible."

"No hay mejor momento que el presente. Vamos allá ahora", dice con un deje de venganza en su voz.

Continúan su camino en coche y se desvían hacia el domicilio anterior de Styles, llegando allí en cuarenta y dos minutos. Al llegar se enteran de que Shelley no está en casa. Esto hace más fácil recoger las cosas de Nathan Christopher, pero le deja una sensación de vacío y preguntas sin resolver. Trata de hacer caso omiso de estos sentimientos mientras recoge su ropa, sus medicamentos y su pistola.

"Necesitamos hablar de que duermes con tu pistola bajo tu almohada. Shelley me hablo de eso. ¿Qué pasa?"

"Rob, llévame a la estación de policía más cercana."

"¿Por qué?"

"Quiero entregar mi pistola. Con mi enfermedad mental no es prudente que yo la tenga."

"Ok. Creo que estas tomando la decisión correcta."

Llegan a la estación de policía más cercana y Nathan Christopher entrega su pistola nueve milímetros, se la da al sargento que está en el escritorio. La policía revisa los records tanto de él, Rob y la pistola. Al no encontrar algo mal, permiten que el dúo salga de la estación. Se van para la casa de Rob. Durante el camino abordan una amplia gama de temas desde la infidelidad de Shelley hasta la última misión de Nathan Christopher.

CAPITULO ONCE

¡Ring! ¡Ring! ¡Ring!

Nathan Christopher busca su teléfono.

"¿Bueno?"

"Nate, soy yo Steve. Quiero hablar contigo de tu ultima asignación."

"¿Hablas de la que acabo de regresar a casa?"

"Si, la evacuación de Kilwoski."

"¿Que de eso?"

"Entiendo que casi te da un colapso nervioso al otro lado del océano. ¿No será que tu incapacidad ha llegado a ser demasiado para ti?"

"¿A dónde vas con eso?"

"Tal vez sea mejor para ti solicitar beneficios de incapacidad del Seguro Social. Tus servicios en la corporación de Control de Crisis Internacional ya no son necesarios."

"¡¿Qué?!"

"Lo siento, lamento no tener ninguna otra opción que dejarte ir. Considera el adelanto que recibiste como parte de tu paquete de indemnización. Te mandaremos el resto a la nueva dirección que nos diste. Adiós."

Silencio cuando Steven Baker cuelga el teléfono. Es como pegarle una patada a una persona cuando su ánimo esta por el suelo. Nathan Christopher se queda atónito y muy sin empleo.

CAPITULO DOCE

"¿Qué pasa, te ves como si fueras a perder a tu mejor amigo?" dice Rob.

"Me acaban de correr."

Nathan Christopher explica a Rob toda la conversación con gran detalle.

"¡Eso es mierda! Vas al otro lado del mundo, arriesgas tu vida ¡y luego te corren!"

"Esencialmente así va la cosa más o menos. Ahora no tengo otra opción que solicitar incapacidad al Seguro Social."

Continúan su camino a casa de Rob para llevar las pertenencias de Nathan Christopher. Rob hace todo lo posible para levantarle el ánimo y distraer su mente, pero es en vano.

"¿Cuánto tiempo piensas que va a tomar para que se te concedan tu reclamo de incapacidad?"

"He oído decir que cinco meses y eso es después de que te revisen bien."

"Está bien, puedes quedarte en mi casa el tiempo que necesitas. Oye, ¿alguna vez el ejército solicito un reclamo a tu favor con la Asuntos de Veteranos?"

"No creo, pienso que se olvidaron de mí en el sistema."

"Bueno, vamos a llamar a la Asuntos de Veteranos y abrir un reclamo para ti. Tu enfermedad esta obviamente relacionada con el servicio o de lo contrario no te habrían dado de alta como lo hicieron."

"Gracias amigo, de verdad agradezco tu generosidad."

"¿Para qué son los hermanos de armas? ¿Ahora qué vas hacer sobre lo de Shelley?"

"La única cosa que puedo hacer es... obtener un divorcio. Ella cruzo la línea de donde para mí ya no hay reconciliación. Ella me engañó, y una vez que alguien engaña lo volverá a hacer. Ya no puedo tener confianza en ella nunca más y me parte el corazón saber que, aunque quisiera regresar conmigo la persona a la que amo más allá de lo que las palabras pueden expresar, yo no podría volver con ella."

Llegan al domicilio de Rob y descargan los objetos de Nathan Christopher, principalmente ropa y artículos de baño. Después de que han acabado, Rob sugiere que vayan a cenar y luego ir a un club nocturno. Nathan Christopher prefiere quedarse y lamer sus heridas. Rob sigue insistiendo y, finalmente, logra que esté de acuerdo en salir.

CAPITULO TRECE

Shelley Styles está en casa de su amante esperando que salga del baño. Toma otro trago de su vino mientras escucha rock suave. No pasa mucho tiempo cuando Terrance sale y empieza a vestirse.

"¿Qué quieres hacer hoy, Shelley?"

"Quiero celebrar mi nueva libertad yendo a bailar."

"¿A dónde quieres ir?"

"Al Club Atlantis."

"¿Pero qué tal si el esta allí?"

"Dudo que este saliendo. Como quiera, dudo que haría una escena si estuviera allí."

"Ok, el *Club Atlantis* está bien. Y si llega allí voy a tener que ensenarle quien es el jefe."

"¡Oh bebe! Amo cuando te pones bien Macho."

Se abrazan y se besan apasionadamente. Luego ella le ayuda a terminar de vestirse abotonándole la camisa de vestir y se van a la discoteca

CAPITULO CATORCE

La cena fue tranquila y sin incidentes, excepto que Nathan Christopher consumió bebidas alcohólicas de igual manera como respira la gente. Rob siente que es su oportunidad de ayudar a su amigo a olvidar sus problemas y logra que Nathan Christopher en este de ánimo para ir a una discoteca. Rob paga la cuenta y salen para la discoteca.

"¿Para cual club estás de ánimo, Styles?"

Rob con frecuencia le llamaba por su apellido. Los hábitos militares a menudo se resisten a desaparecer.

"Tengo ganas de ir al Club Atlantis hoy."

"Ahh el lugar de tiempos pasados para bailar."

"¡Claro que sí! Ahora que soy un hombre libre debería ir a la Meca de las discotecas en este lado de *Fili*," dice un poco ebrio y arrastrando sus palabras. En el fondo no quiere sonar como si estuviera celebrando su trágica pérdida, pero ahora no es el momento de dejarse llevar por la autocompasión. Además de que el alcohol que corre por su sistema le permite ser un poco más despreocupado.

Ellos conducen hacia el *Atlantis*, la música estruendosa en el vehículo les da másánimo para una noche de baile y beber más. Nathan Christopher está agradecido de que no está oyendo voces por ahora. El espera que siga así toda la noche.

Rob trata de cantar al son de la música y Nathan Christopher parece reírse como no lo ha hecho en muchísimo tiempo. Va a ser una buena noche, después de todo.

Llegan al club y Rob se estaciona en el estacionamiento de abajo. Salen y llaman la atención de algunas bellas mujeres que tienen espíritu de fiesta. Las mujeres gritan cosas como: "¡Hey sexy!"

Rob se ríe, mira a Nathan Christopher y dice "Parece que las cosas no han cambiado mucho desde la última vez que estuvimos aquí."

"Ja, ja, ja...parece que no," responde comenzando a salir de su embriaguez y a estar un poco sobrio.

Entran en el club y son recibidos por los guardias. Pasan por el detector de metales y entran en el vestíbulo del club. La escena se ve divertida, la música está a todo volumen y la gente está de humor para celebrar. La multitud es un poco demasiado para Nathan Christopher por lo que se desvía hacia el bar y Rob lo sigue. Tal vez si toma un par de copas más la gente será más tolerable.

CAPITULO QUINCE

Nathan Christopher y Rob llegan a la barra. Detrás de la barra esta una encantadora señora joven, pelirroja y de ojos verdes.

"¿Que desea?"

"Ron, hágalo doble".

"Yo quiero una cerveza Molson."

"Un ron doble y una cerveza Molson, en seguida vienen."

El camarero regresa con las bebidas y Nathan Christopher se sorbe todo el ron y pide otro. Mientras tanto, Rob toma su cerveza poco a poco. El camarero vuelve con la bebida para Nathan Christopher, quien se la traga rápidamente mientras Rob paga las bebidas. Nathan Christopher entonces ordena una Heineken, la cual decide beber lentamente. Rob y él deciden irse a unos taburetes cerca de la pista de baile. Cada uno se sienta en un taburete y observan a los bailarines en la pista.

No pasa mucho tiempo antes de que dos hermosas mujeres se les acerquen y les pidan que bailen con ellas. Ellos aceptan. Dispuestos a bailar toda la noche, salen a la pista de baile que está construida como escenario en el centro del club. Esta experiencia lleva mentalmente a Nathan Christopher a sus días de gloria antes de su haber conocido a su futura ex-esposa. Mientras esta recordando mira hacia la entrada del club y ve ahí a Shelley y a un desconocido, que claramente es su nuevo amante.

CAPITULO DIECISEIS

Shelley y Terrance caminan a través del detector de metales del Club Atlantis y van hacia la entrada principal del club nocturno. Shelley echa un vistazo a la pista de baile y siente un golpe de ira y celos de ver a Nathan Christopher allí bailando con una mujer hermosa. Ella todavía tiene sentimientos hacia él, sentimientos que no admite tener, pero que de todas formas tiene. Decide que va a hacerlo pagar por aparentemente no tener en cuenta su relación anterior incitando a su nuevo hombre a tomar medidas drásticas.

El debería estar en casa lamiéndose sus heridas, piensa.

¿Cómo se atreve a estar aquí disfrutando de sí mismo?

Se lo señala a Terrance y le susurra al oído lo sexy que Nathan Christopher baila. Esto le enfurece y se va en dirección de Nathan Christopher. Nathan Christopher, detectando peligro, rápidamente llama la atención de Rob. Antes de que cualquiera de los dos pudiera reaccionar Terrence comete el terrible error de agarrar a Nathan Christopher por el hombro. Nathan Christopher reacciona por puro instinto, da la vuelta, envuelve su brazo derecho alrededor del brazo estirado de Terrence y apretando con el antebrazo como una serpiente rompe el brazo de Terrence por el codo.

Terrence se derrumba en el suelo de dolor y reaccionan los guardias. Atrapan a Nathan Christopher y lo echan del club. Rob sigue la conmoción y va a encontrarse con Nathan Christopher en el estacionamiento. Por desgracia, llega demasiado tarde. La policía que patrulla el club está en ahí y detienen a Nathan Christopher.

Rob se sube en su vehículo y sigue a la policía. Llega a la estación de policía y pregunta por la fianza para sacar a Nathan Christopher. Después de varias horas saca bajo fianza a Nathan Christopher y se van al domicilio de Rob.

Después esa mañana.

"Así ¿que cuando es la fecha de tu audiencia en el juzgado?"

"Acabo de llamar al juzgado y la audiencia es la próxima semana."

"Pero reaccionaste en defensa propia."

"Lo sé. Esperemos que el juez lo vea de esa manera."

CAPITULO DIECISIETE

Una semana después, por la tarde. Rob y Christopher Nathan salen del juzgado. El sol brilla y parece estar en armonía con el estado de ánimo de ambos.

"Tienes suerte que solo te dio seis meses de libertad condicional."

"Sí creo que sí, supongo que se dio cuenta de que yo sólo me estaba protegiendo."

Las voces comienzan a molestar a Nathan Christopher otra vez así que busca en su bolsillo de la chaqueta, saca una botella con su medicamento para la esquizofrenia, se echa una pastilla en la boca y la traga. Rob se da cuenta y le pregunta:

"¿Estas bien, amigo?"

"En realidad no, las voces han vuelto y tengo dolor de cabeza. Acabo de ver al psiquiatra de la Asuntos de Veteranos hace tres días y recomendó que si las cosas se ponían tan mal que me admitiera en la sala de psiquiatría de la Asuntos de Veteranos en Coatesville."

Las voces en su cabeza son exasperantes. Le hacen escuchar a la gente conspirando contra él y burlándose de él. Hace todo lo posible para no demostrar el tormento que está soportando.

"¿Tal vez deberíamos ir a la sala psiquiátrica de la Asuntos de Veteranos en Coatesville?"

"Todavía no. Todavía puedo manejarlo yo mí mismo," dice mintiendo. La verdad en realidad es que su paranoia se encuentra en su pico y no confía en nadie en este momento, especialmente si eso significa ser admitido a un hospital psiquiátrico.

CAPITULO DIECIOCHO

Más tarde esa noche las voces continúan insoportables y Nathan Christopher comienza a alucinar. Comienza a creer que le Rob está conspirando con su esposa para que admitirlo en un asilo mental. Rob comienza a notar que Nathan Christopher se está comportando de manera extraña hacia él. Reconoce esto como una señal de que su mejor amigo enfermó de nuevo y lo convence de que se admita el mismo en Coatesville.

"Si tú te admites tú mismo siempre puedes salir cuando lo desees. Lo sé porque un primo mío tuvo un problema similar que requería de ayuda psiquiátrica."

"Supongo que tienes razón. De esta forma tú y Shelley no me pueden admitir para siempre. "

"Son tus alucinaciones las que te hacen creer que yo haría una cosa así. Vamos antes de que empeoren."

"Uhh... bien."

Se meten en el vehículo de Rob y se dirigen a la Centro Medico de la Asuntos de Veteranos en Coatesville. Nathan Christopher cierra los ojos y se agarra la cabeza con ambas manos la mayor parte del recorrido de una hora. Finalmente llegan a su destino. Rob y Christopher

Nathan entrar a la sala de urgencias y Nathan Christopher se admite el mismo.

"Me llamas cuando vayas a ser dado de alta y vengo a buscarte."

"Gracias por todo, amigo. Mejor que me dejen salir de aquí cuando este estabilizado o me saldré a la fuerza de aquí e iré tras de ti. "

Rob sabe que esto no es una amenaza en vano. El ha visto a Nathan Christopher salir de las situaciones más precarias con la mayor facilidad. Rob no dice nada en respuesta, comprendiendo el estado mental de su amigo y sale dejando a Nathan Christopher en manos del personal experimentado del pabellón psiquiátrico de la Asuntos de Veteranos.

CAPITULO DIECINUEVE

Nathan Christopher se encuentra en la sala de cuidado de estado crítico del hospital sometido a una serie de pruebas y evaluaciones psicológicas. Apenas podía oír a los médicos consultando entre sí sobre su condición. El cree que son los médicos los que hablan a menos que sean sólo las voces en su cabeza.

"Tenemos que notificar a la red de inteligencia que uno de los suyos ha caído."

"¿No sería una violación de la confidencialidad del paciente?"

"La seguridad nacional es lo primero y sabes que nos advirtieron acerca de él y, específicamente, nos dijeron que tenemos que notificarles en caso de que busque atención aquí. "

"Ok, voy a notificar al agente en la Agencia de Seguridad Nacional".

Esto llena a Nathan Christopher con una emoción que no se ha sentido desde que estuvo tras las líneas enemigas en países extranjeros que trabajan para su gobierno... esa emoción que ahora reconoce como miedo. Pero el miedo es bueno, lo mantiene a uno alerta y por lo tanto, vivo.

¿Qué van a hacer conmigo? ¿Alguna vez podre escapar de los confines de esta institución para enfermos mentales? Tengo que empezar a desarrollar estrategias, si es que alguna vez me he de escapar de este lugar. Si tan sólo pudiera concentrarme.

Los médicos vuelven con libretas de apuntes y papeles en la mano.

"Señor Styles, necesitamos tenerlo en observación por setenta y dos horas. Los medicamentos que le cambiamos deben funcionar mejor, pero va a tomar tiempo para que hagan efecto."

"¿Así que están diciendo que puedo salir en tres días?"

"Si puede, si su condición se estabiliza. "

Nathan Christopher lucha por cooperar, mientras se la pasa pensando todo el tiempo en la conversación que él cree que escuchó. Su paranoia es alta y también lo es su ansiedad. Hace todo lo posible para ocultar este hecho. Los tres días pasan en un torbellino de actividad, pruebas, exámenes, y finalmente hacen la pregunta.

"¿Cómo se siente, Señor Styles?"

Mintiendo a todo lo que da responde que se siente mucho mejor -- con la esperanza de dejar el asilo.

"Bueno, aquí están sus artículos personales. Puede llamar a quien vendrá a buscarlo."

Música para sus oídos. Le marca a Rob y le informa que está listo para ser recogido.

CAPITULO VEINTE

Rob lo recoge en el hospital y comienzan su recorrido a casa. Nathan Christopher ve detrás de él y se da cuenta de que es posible que los estén siguiendo. El sedán negro ha estado esquivando el tráfico a la misma velocidad que Rob y sigue un coche detrás de ellos. Rob no es tan cauteloso y no cree que el gobierno siga de cerca a sus invaluables activos después de que sus contratos han terminado.

"Vamos a parar para almorzar en algún lugar, Rob. Me muero de hambre."

"Está bien, una vez que lleguemos a Filadelfia nos detendremos.

"Así que ¿cómo te va?",

"Mejor. Solo temo que ahora que el Tío Sam sabe que he tenido una crisis nerviosa que va a estar más al pendiente de mí."

"Lo dudo. El gobierno tiene cosas más importantes de qué preocuparse que de un veterano con esquizofrenia paranoide y trastorno de ansiedad. "

"En verdad espero que tengas razón. "

Nathan Christopher mira hacia atrás y ve al mismo sedán que los ha estado siguiendo durante los últimos cuarenta y tres minutos. Trata de no asustar a Rob por lo que se guarda sus observaciones. Llegar a Filadelfia y deciden ir a *Shakey's Outdoor Café* para el almuerzo. Nathan Christopher se sienta con la espalda hacia la pared para poder tener una vista clara de la entrada principal. Se da cuenta de dos hombres, uno de traje y el otro vestido con pantalones vaqueros y un abrigo de piel, que entran al café y se alarma un poco. ¿Podrían ser espías – operaciones de inteligencia—vigilándolo?

CAPITULO VEINTIUNO

Shelley Styles se siente triunfante. Ha asegurado el primer puesto en su empresa como Gerente de la Sucursal de la agencia de viajes *Destiny Travel*. Ahora, después de salir de su oficina temprano, ella va a la casa del nuevo amor que ha encontrado, para celebrar su nueva promoción. En este mundo tan lleno de sorpresas, está a punto de aprender que el viejo adagio es cierto: Lo que vueltas da, a la vuelta nos alcanza.

Se estaciona cerca de la casa de Terrence. Con la copia de la llave de su casa ella entra sin previo aviso. Escucha los sonidos que emanan de su dormitorio y va hacia donde proviene el ruido. Abre la puerta del dormitorio y se encuentra a Terrence en una posición comprometedora con una menuda mujer hispana. Una mujer a quien reconoce como una de sus socias junior, alguien en quien confiaba a menudo. Alguien que se reportó enferma hoy. Su corazón se hunde y su mundo se rompe.

"¿Qué demonios está pasando?" dice gritando.

Terrence rápidamente, usando el brazo sano, empuja a la pequeña mujer haciéndola a un lado de él, salta de la cama desnuda y coge una bata.

"Shelley, permíteme explicar."

"¡No hay nada que explicar! ¡Obviamente cometí un error al dejar a Nathan Christopher por ti! "

Ella sabe que sólo dijo la verdad y darse cuenta de que había perdido a Nathan Christopher para siempre, sólo empeoraba las cosas para ella. Se siente traicionada y tan sola. Rápidamente se aleja de Terrence y su amante, se mete en su coche y conduce hacia a la casa de su madre en Horsham, una ciudad al noroeste de Filadelfia.

CAPITULO VEINTIDOS

Para su gran alivio el almuerzo fue algo aburrido. Nathan Christopher le sugiere a Rob dar un paseo por South Street. Rob sabe que Nathan Christopher está corto de dinero por lo que toma la cuenta, paga y le deja una buena propina al camarero.

"Está bien compañero, vamos a tomar algo de aire fresco."

Nathan Christopher mira detrás de él y se da cuenta de que los dos hombres que vio entrar en la cafetería después de ellos estaban preparándose para irse también. ¿Podría ser esto una coincidencia o son los que teme que podrían ser?

"Pero pensé que querías ir a South Street?"

"Así es, pero cambié de opinión. Además, me siento un poco cansado."

Así que entran en el vehículo de Rob y van al apartamento de Rob. Todo el tiempo Nathan Christopher va checando el camino detrás de ellos a través del espejo lateral. Una vez más, ve el mismo sedán negro atrás de ellos. Su ansiedad es alta por lo que busca en el bolsillo de su chaqueta, saca su medicamento contra la ansiedad, lucha con la tapa de la botella, la abre, se echa una pastilla en la boca y se la traga.

"¿Estás bien?"

"Sí, un poco ansioso".

Siguen su camino al domicilio de Rob. Al acercarse a la casa de Rob se dan cuenta que hay un vehículo muy conocido esperando en el estacionamiento. Es el coche de Shelley Styles y parece como si hubiera estado esperando a que llegara Rob a casa, con la esperanza de localizar a Nathan Christopher.

CAPITULO VEINTITRES

Se estacionan justo al lado de ella y se percata de que Nathan Christopher está en el vehículo de Rob. Shelley sale de su coche y se acerca a Nathan Christopher quien va bajándose.

"Tenemos que hablar."

"No tengo nada que decir, especialmente después de todo lo que me hiciste", dice golpeando la puerta del vehículo. "

Rob se aleja y entra en su apartamento sabiendo que es mejor que quedarse y tratar de jugar al mediador.

"Puedo explicar... fui engañada, engatusada. Te he hecho daño y te pido disculpas."

"¡Trataste de arruinarme! Ahora ¿crees que con decir que lo sientes voy a recompensarte por lo que hiciste? "

"¡Te dije que fui engañada! " dice suavizando su voz. "Le creí a Terrence cuando me dijo que eras un peligro para mí. "

"¿Cómo pudiste creer esa mierda? ¡Sabes que nunca te haría daño! Soy esquizofrénico bajo medicamento. No es como si tuviera un trastorno de personalidad múltiple."

"Lo sé, pero..."

"¡Pero nada! Trataste de destruirme y casi lo logras. Si no fuera por Rob estaría todavía en la calle. Quiero el divorcio, y tan pronto como sea posible. ¡Hemos terminado para siempre!"

Nathan Christopher deja a Shelley pasmada, llorando en silencio en el estacionamiento y se va al apartamento de Rob.

CAPITULO VEINTICUATRO

Dentro del apartamento, Rob da la bienvenida a Nathan Christopher cuando entra.

"¿Así que, que quería la Reina de Hielo?"

"¿Crees que quería reconciliarse?"

"¡Que bolas tiene! Querer regresar contigo después de lo que te hizo."

"Dímelo a mí."

"Podría entenderlo si ella se hubiera enojado y te hubiera corrido, entonces diría que habría que darle a la chica una oportunidad, pero ella te quemó y te fue infiel. En pocas palabras fue toda una perra y ahora dice que quiere perdonar y olvidar."

"Apuesto a que su novio la engañó y por eso trató de engatusarme para regresar a mi vida."

"Probablemente tengas razón. "

"Apostaría mi vida a que así es. "

Nathan Christopher va a la cocina y empieza a preparar una taza de café. Luego saca un paquete de cigarrillos del bolsillo de su pantalón, toma uno, lo enciende e inhala profundamente.

"Pensé que habías dejado de fumar por ahora."

"Yo fumo cuando realmente tengo necesidad. Me calma los nervios."

El café está listo y Nathan Christopher sirve una taza, negro con una gran cantidad de azúcar. Toma un sorbo, lo traga y fuma su cigarrillo. Entonces recuerda su preocupación por el sedán que podría haberlos estado siguiendo antes. Su paranoia comienza a elevársele sigilosamente.

¡Ahora no! que piensa. Rob ya me ha visto en crisis nerviosa; el no necesita verme así otra vez. El trata de impulsar los pensamientos irracionales fuera de su mente y continúa con el rito de su café y los cigarrillos.

"¡Hey, Styles! ¿Por qué estás tan tranquilo?",

"No hay mucho que decir. Todavía estoy sorprendido por todo el incidente con Shelley."

"Sí, parece que fue ayer cuando los dos se casaron. Tú la mimaste demasiado, ese fue tu más grande error. "

"Sí, lo sé...No es bueno ser demasiado bueno con las mujeres. "

"Es la ley de la jungla de asfalto, la supervivencia del más fuerte y todas esas cosas. Si eres muy bueno con ellas se aprovechan de ti, luego te usan y te botan."

"Nunca pude entender por qué las mujeres quieren al chico malo. Parece ser que cuando yo era más cauteloso y mostraba poca emoción, las mujeres me perseguían. Luego llega aquella en la que creo puedo confiar y me traiciona. "

"Bueno, suficiente con la fiesta de compasión y estar hablando de mujeres. ¿Qué debemos hacer esta noche?"

"Nosé... tal vez deberíamos ir a *Tony's Bar and Grill*. "

"Pensé que estabas cansado. "

"Vamos a decir que después de mi encuentro con Shelley me podrían caer bien un par de tragos."

"*Tony's*, aquí vamos."

CAPITULO VEINTICINCO

Tony's Bar and Grill. Vanessa del Río ha pasado un mal momento y decide irse temprano del trabajo.

"Tony, termine por hoy esta noche. Me voy a casa."

"Bien, chula. Cuídate y ten cuidado ahí fuera."

"Adiós."

"Buenas noches".

Al salir por la entrada principal pasa junto a Nathan Christopher y Rob, quienes acaban de llegar.

Se dirigen al bar. Christopher Nathan elige un lugar con la espalda hacia la pared y puede monitorear las idas y venidas de la entrada principal. Rob ordena una cerveza Molson y Nathan Christopher su habitual ron doble. Tony les sirve las bebidas y Rob pide una cuenta abierta. Nathan Christopher se traga su ron y le pide otro el cual de sirven pronto. Rob bebe lentamente su cerveza. Las voces regresan con venganza y Nathan Christopher sigue bebiendo como un pez con la esperanza de ahogarlas con alcohol.

Mira hacia la entrada principal y cree reconocer a los dos hombres que entran como los chicos que estaban en el *Shakey's Outdoor Café* el día de hoy.

¿Podrían ser ellos o será mi mente que no funciona bien la que me está jugando trucos? se pregunta.

La noche avanza y Rob rompe el hielo con dos hermosas mujeres. Las mujeres se unen a ellos para tomar algo. Esto hace que se salgan de la mente de Nathan Christopher los dos hombres que entraron en el establecimiento. Más tarde por la noche Rob paga la cuenta y convence a las mujeres a ir con ellos para tomarse la última copa de la noche en su casa.

CAPITULO VEINTISEIS

A la mañana siguiente las mujeres intercambian números con los chicos y salen por la puerta. Rob gira la cabeza hacia Nathan Christopher con un brillo en sus ojos.

"¡Qué noche!"

"Sí, en verdad fue una buena noche. Ahora a asuntos más urgentes. Necesitas llevarme al psiquiatra para mi evaluación de incapacidad del Seguro Social"

"¿Hoy en el día de tu cita? "

"Sí lo es, tengo que estar allí a las once de la mañana "

"Está bien, voy a dejar con tiempo de sobra. "

Rob le lleva a su cita con el psiquiatra designado de la Administración del Seguro Social. Después de un examen algo largo hacen una parada para almorzar.

"¿Y qué te dijo la psicología? ¿Qué tienes las malditas tuercas flojas? Ja, ja, ja", dice Rob en tono de broma.

"Ella dijo que yo no debería tener problemas para que aprueben mi solicitud de incapacidad. También recomienda que presente un reclamo ante la Administración de Veteranos relacionado al servicio de pensión por invalidez, ya que cree que mi esquizofrenia paranoide comenzó cuando yo todavía estaba en servicio activo." Le informe que ya lo había hecho.

"Bien. Muy pronto recibirás todo lo que te tienen que pagar y voy a tener que llamarte Señor Bolsas de Dinero. "

"Yo quiero pagarte cuando me dan mi pago"

"Olvidarte de eso. Sólo concéntrate en componer tu vida. "

Hicieron una parada para almorzar y hablaron sobre la sesión de terapia y la batería de exámenes que Nathan Christopher tuvo que aguantar. Después de terminar su almuerzo vuelven a la casa de Rob. Nathan Christopher agradece a Rob por tomarse el día libre para ayudarlo.

"No hay problema. ¿Paraqué son los mejores amigos?"

CAPITULO VEINTISIETE

Siete meses después y varias citas de libertad condicional y de psiquiatra después, la guerra de Corea terminó en un estancamiento de nuevo en el páralo treinta y ocho. Nathan Christopher recibe su cheque del Seguro Social por incapacidad y cien por ciento de su pensión relacionada con el servicio prestado a la Asuntos de Veteranos. Llego justo en el momento en que ya se había acabado su indemnización por despido y el dinero que había recibido a cambio de su carro. Ahora es tiempo de buscar un apartamento propio así que comienza su búsqueda.

Después de varios días, se encuentra un agradable, cómodo apartamento, amueblado en el segundo piso de un complejo de apartamentos en el centro de Filadelfia, con una escalera de incendios fuera de la ventana de su dormitorio. Rob le ayuda a mudarse y reacomodar los muebles.

"Bueno, muchachote ya eres independiente otra vez. ¿Cómo te sientes?"

"Genial. Gracias por todo lo que has hecho por mí hermano, lo digo en serio."

"No hay problema simplemente no te me ablandes demasiado ahora."

"¡Ja, ja, ja! Te prometo que no lo hare. "

Después de acabar, Rob se despide y sale por la puerta. Nathan Christopher lo acompaña y hablan por un rato en la acera cerca de la entrada principal del edificio de apartamento.

"Bueno, buena suerte y que ten cuidado. Me pondré en contacto contigo mañana, tal vez podamos ir a cenar."

"Suena muy bien, voy a estar al pendiente de eso mañana."

Justo en ese momento, detrás de Nathan Christopher, un sedán con la ventana del conductor de enfrente abierta, desacelera a paso de tortuga. El pistolero apunta y le dispara, y se aleja a gran velocidad. Nathan Christopher agarra el cuerpo de Rob, que se derrumba.

"¡Ayúdenme por favor! ¡Alguien llame al nueve-uno-uno! Alguien llame a la ambulancia! ¡Rob aguanta amigo! ¡Maldita sea! ¡No te vayas!"

Nathan Christopher grita mientras aplica presión a la herida de bala en la cabeza de Rob. Una multitud empieza a formarse alrededor de él quien abraza el cuerpo ensangrentado de Rob. En cuestión de minutos para que los paramédicos llegan y saquen el cuerpo de Rob de los brazos de Nathan Christopher. Carga Rob en la camilla y lo meten a la ambulancia. Nathan Christopher se mete en la parte de atrás, lucha contra el impulso de llorar, y acompaña a los paramédicos al hospital.

CAPITULO VEINTIOCHO

Sede de la Agencia de Seguridad Nacional, Fort George G. Meade, Maryland que emplea más o menos, treinta mil empleados. Su misión es la inteligencia y contrainteligencia de comunicaciones en el espectro internacional. En ningún momento se le autoriza tener como objetivos a ciudadanos de Estados Unidos, o al menos eso es lo que les gustaría que el público creyera. Ellos pueden controlar a la población civil en casos especiales, bajo órdenes ejecutivas y con garantías. Bueno, las reglas han cambiado desde el once de septiembre, gracias a la tristemente célebre Ley Patriota.

Hay otras operaciones clandestinas en las que se cree que la agencia participa, pero mantienen la postura de que ellos están únicamente involucrados en las comunicaciones de inteligencia y contrainteligencia. En los profundos recovecos del complejo principal dos figuras militares discuten el tema de Nathan Christopher Styles.

"Operativos de campo de nuestra agencia hermana han eliminado al confidente más cercano del Señor Styles. Se lo adjudicaron a un ex convicto como acto de violencia al azar y salió limpio. No hay manera de que vayan a rastrear esto hacia nosotros. "

"¿Cómo está el Señor Styles haciéndole frente a la pérdida de su mejor amigo? " "Mal, está cerca de tener otra crisis. "

"Para ser un conejillo de Indias ciertamente tiene un montón de energía, a pesar de que le falla la mente."

"Eso no es lo único; parece ser un hueso mucho más duro de roer. Supongo que los secretos de nuestra nación, de los cuales él está al tanto, están a salvo por ahora".

"Tendremos que ver cómo está en los próximos meses. En el momento en que parezca como si estuviera a punto de una crisis, emite una orden para matar. "

"Si llega ese momento, entonces las operaciones especiales en Fort Bragg lo sacarían del camino, señor. "

CAPITULO VEINTINUEVE

Díasdespués, llueve mucho como si estuvieran estando llorando por la muerte de Rob Rossinelli. Es día de su funeral y Nathan Christopher está presente. Le toca compartir unas palabras de despedida y escoge sus palabras con cuidado. Camina hacia el ambón, y empieza hablar con voz cortada.

"Rob era mi amigo más cercano, mi mejor amigo y lo voy a extrañar muchísimo," dice con lágrimas rodando por su cara. Trata de no llorar tanto pero su esfuerzo es inútil así que continúa con la despedida fúnebre.

"El siempre estuvo conmigo en las buenas y en las malas. El una vez me dijo que era como un pájaro de fuego místico, el Ave Fénix...que cuando algo malo me pasaba resurgía y salía adelante más fuerte que antes. Como el Ave Fénix que se extingue en llamas y renace, desde las cenizas, más fuerte que nunca. Rob siempre fue así. Siempre trataba de animarme cuando estaba triste y decaído. Estoy seguro que hizo también lo mismo con los que están presentes. El vivía con el lema *Esse Quam Videri, ser en lugar de parecer.* Y siempre era real consigo mismo.

No podría pedir un amigo mejor que él, o más bien diría un hermano porque eso es lo que Rob era para mí."

Y mira, con las rodillas temblándole, hacia el féretro de Rob que está cerrado y envuelto en una bandera Americana con una cubierta de plástico para protegerlo de la lluvia, y continúa.

"Un hermano por excelencia y siempre llevare una parte de él conmigo en mi corazón. Te nos fuiste muy pronto por un acto de violencia al azar. Rob te quiero mucho compañero, y te voy a extrañar mucho."

Después de que entierran el cuerpo de Rob, Nathan Christopher sale del cementerio y mirando hacia el cielo murmura,

"Rob, ojala hayas tenido razón sobre mí de ser como un ave Fénix....espero hayas tenido razón."

DESDE LAS CENIZAS
PARTE II

AGRADECIMIENTOS:

A mamá y en conmemoración de papá

PROLOGO

Ha sido una tarde tranquila en la Oficina Federal de Investigaciones en Filadelfia, Pensilvania. Los Agentes Especiales Walter De La Rosa y John Walker se encuentran sentados frente a sus escritorios para repasar los montones de papeles, cuando de repente el silencio es interrumpido por una llamada telefónica.

"Hola, FBI"

"Hola, estoy llamando porque tengo razones para creer que hay una recompensa por la cabeza de Nathan Christopher Styles."

¿Quién es usted? "

El Agente Especial Walter De La Rosa señala a su pareja para rastrear la llamada.

"Prefiero permanecer en el anonimato, pero yo lo he oído mencionar eso y que teme por su vida".

"¿Qué?"

Click. La persona en el otro extremo cuelga bruscamente.

"¿Hemos obtenido alguna pista?

"No hubo suerte."

"Supongo que debemos informar a Atwood acerca de esto. Mientras estamos en esto vamos a desenterrar todo lo que podamos sobre ese tal Nathan Christopher Styles."

CAPITULO UNO

Usted es producto de toda la mierda dela cual ha sabido salir y los buenos momentos que ha logrado en su vida. Al menos eso es lo que su psicólogo del centro médico de la Administración de Veteranos, le dijo en su última sesión. Aunque ya han pasado dos días de ese entonces, eso que le dijo le da vueltas en la mente continuamente como un disco rayado. El piensa que ciertamente ha sabido salir de en medio de una gran cantidad de mierda en los últimos tiempos, tanto como para hacer que el sistema de alcantarillado de Filadelfia parezca, en comparación, como el modelo ejemplar de limpieza.

Por la mente de Nathan Christopher Styles corren pensamientos e imágenes de las tragedias recientes que ha sufrido. Se siente como si se quebrara por la avalancha mental de recuerdos y teorías que compiten por un lugar al frente de su psique. Él reza para que su terapeuta tenga razón al suponer que sus teorías eran solo alucinaciones. Temblando, saca del bolsillo de su chaqueta un frasco de medicamento anti-psicótico. Él batalla con la tapa, logra abrirla, saca una pastilla, la lleva a su boca y se la traga.

Ojala que la magia del genio de la botella de pastillas funcione y erradique los ruidos caóticos que inundan su mente. Tal vez le traiga la paz que su mente anhela desesperadamente y, a menos que su terapeuta esté equivocado, deje de tener pensamientos delirantes. Luego, la gravedad de su realidad hará que se mantenga centrado, lúcido. Va a necesitar una estrategia antes de hacer su siguiente movimiento. El medicamento no está funcionando tan rápido como le gustaría; las voces de los fantasmas del no tan lejano pasado retumban en su cráneo. Él necesita ayuda ¡y la necesita ahora! Se siente como un hombre con un precio sobre su cabeza, y lo que leda escalofrío hasta lo más profundo de su ser es que bien podría ser un blanco. Él trata de sacudirse de encima la horrible sensación que amenaza con sumirlo en el abismo de la paranoia mental y decide caminar hasta el bar más cercano.

El invierno llegó temprano este año, tomando a todos por sorpresa. A medida que continúa su viaje al cercano santuario, se da cuenta que la inusual noche helada de noviembre ha mantenido a la mayoría de la gente dentro. El viento, que aúlla como sonido de almas en pena, lo golpe adecididamente para sacarlo fuera de su camino. Voltea el rostro por las ráfagas de viento que lo azotan y ve una figura solitaria a varios metros de él que parecía mantener mismo su paso. ¿Lo están siguiendo o es su paranoia de nuevo? No se atreve a correr el riesgo ni aponer su vida en juego. Apresura el paso por las extrañamente vacías calles de la ciudad y, para apagar la sed, se dirige al bar llamado *Tony's Bar & Grill* que está en la esquina a una cuadra de distancia. Si está paranoico, el elixir de una bebida fuerte, mezclado con el medicamento, será un cóctel explosivo que ahogara sus temores. Al mismo tiempo, él espera que si lo están siguiendo, la persona no se atreverá a hacer un movimiento en su contra con testigos a su alrededor.

El viento continúa soplando en contra de él y ajusta su abrigo a su cuerpo, no tanto para protegerse del frío, sino para contrarrestar la resistencia del viento mientras a paso redoblado marcha hacia la barra. Echa un vistazo por encima de su hombro y se da cuenta que la misma persona sigue manteniendo su paso. Nathan Christopher tiene que llegar a su santuario; tan sólo unos metros más por recorrer. Él decide dejar atrás la precaución; corre; llega a la puerta y coge la manija.

CAPITULO DOS

Vanessa Del Río sabía que sería una noche agitada en el bar, pero ella no contaba con que estuviera repleto. El fuerte frío ha obligado a turistas ya la gente local, por igual, a buscar entretenimiento bajo techo y su lugar de trabajo parece ser el punto de elección "popular". Esto no le molesta a pesar de que el ruido del controlado caos y el olor a cigarrillo y puro que flota en el aire es un tanto abrumador. Es bueno para el negocio y también porque los clientes son generosos con sus propinas por su servicio.

El bar está lleno, la gente ordena y ella los atiende lo más rápido que puede.

"¡Oye cantinera!" Grita un hombre corpulento que parece haber bebido demasiado.

"Hey! Dame umm… sexo-en-la-playa. "

"Lo siento, ya tomo demasiado, señor, y no puedo servirle más."

"Me entendiste mal, te dije que tú y yo vamos a ir a Jersey a tener sexo en la playa."

" Bueno Romeo, ahora sé que estás borracho. Voy a llamar un taxi para ti. ¿Está bien? "

"Está bien, yo lo llevo", dice otro hombre vistiendo la peor ropa. "Yo soy el conductor designado. Vamos Pat es momento de volver al hotel. Perdón por lo de su grosería. "

"No hay problema grandote, puedo manejar Casanovas borrachos con facilidad."

"*Wow*, hermosa y fuerte".

"Sí, y la gerencia se deshace de los que llegan a ser demasiado problema para mí."

"Bueno, considérenos como desaparecidos", le responde, y deja un billete de veinte dólares sobre la barra. "Esto es por las molestias"

"Gracias, que pase una buena noche."

Ella toma el billete de veinte, lo coloca en el tarro de propinas y mira su reloj. Son las 9:00 PM. La hora feliz está por terminar, pero la mayoría de los clientes permanecen en el bar. Es hora para que ella tome un descanso antes que llegue el gentío de la noche.

"Tony, ¿puedes cubrirme?"

"Claro 'Nessa ".

"Voy a salir por un poco de aire fresco."

"Muy bien, cariño."

Ella sale de atrás de la barra y se dirige a la entrada principal. A medida que llega a la puerta de entrada un hombre loco y sudoroso entra atropelladamente y se para justo en su camino.

CAPITULO TRES

Nathan Christopher se lanza a través de la puerta del bar. Lo logro, se detiene y suspira con alivio. Si lo están siguiendo seguramente lo sabrá en pocos minutos en cuanto entre el que lo persigue. Los clientes en el bar detienen su mirada en dirección a él tal vez preguntándose por qué ha entrado de manera tan dramática. Una señora pintoresca con las llaves en la mano se interpone entre él y el bar. Ella parece dudar en continuar hacia la entrada principal del establecimiento en dirección a él.

El corre más allá de donde está la mujer y casi choca con ella.

"¡Uff! *Perdone usted*. "Vanessa dice, con un tono sarcástico en su voz.

Él no le hace caso a ella a medida que avanza a la barra. Encuentra un asientocon su espalda contra la pared que le permite una vista clara de la puerta del frente. Se da cuenta que la señora se fue y observa si entra su perseguidor. En un momento, el hombre detrás de la barra consigue su atención.

"¿Qué va a ser, Mac?"

"Ron, que sea doble."

Nathan Christopher examina a la multitud, buscando cualquier señal de una posible amenaza. El camarero vuelve con la dosis doble de ron y recibe un billete de veinte dólares a cambio. Tony vuelve con el cambio y lo coloca en la barra junto a su bebida.

"Síguelos trayendo, Nathan Christopher murmura.

Él continúa su examen del lugar y se da cuenta de que el bar está lleno a pesar de ser miércoles por la noche. La gente viste de diferente forma, algunos en traje de negocios y otros para ir a discotecas. Se enfrasca observando las numerosas interacciones que tienen lugar. Mientras reflexiona acerca de las conversaciones, lo vuelve a la realidad una voz femeninade atrás de la barra.

"Señor, ¿quiere otro?"

"¿Señor? ¡¿Señor?!"Pensó," ¡maldición, se me debe notar la edad! Tal vez toda la tensión empieza a notarse en mi cara. "

Se despierta de su vana meditación cuando se da cuenta de que la mujer detrás de la barra es la misma con la que casi se tropieza cuando entró. No se dio cuenta cuando ella entró de nuevo al bar. Él ha estado perdido en sus pensamientos. Si ella pasó junto a él sin darse cuenta tal vez su perseguidor lo hizo también. Él siente que su ansiedad aumenta y ordena otra copa y comienza a examinar seriamente de nuevo para detectar cualquier posible amenaza. Sus ojos analizan a los clientes y se pregunta si algunos de ellos son parte de la conspiración en su contra. ¿Podrían querer atraparlo o será que su esquizofrenia paranoide está en todo su apogeo? Continúa auto medicándose y ordena otro trago a la camarera.

CAPITULO CUATRO

Mientras vigilan el edificio de apartamentos donde radica Nathan Christopher Style, se les agota la paciencia a los Agentes Especiales De La Rosa y Walker. El Agente Especial Walker prende un puro y comienza a fumar mientras que su compañero abre las ventanillas del coche con gran disgusto para que el humo se salga.

Los dos experimentados agentes del FBI esperan en el aburrimiento total. Habían sido asignados para vigilar y proteger al elusivo sujeto y no han tenido éxito en encontrarlo. Su búsqueda en la casa de la hermana no ha producido ninguna pista, así que desde entonceshan estado esperando que vuelva a casa.

"¿Dónde está? Son casi las dos de la mañana y todavía no ha llegado a casa ", afirma el Agente Especial De La Rosa a su compañero.

"No lo sé. Hemos estado vigilando este lugar toda la tarde y no ha habido nada, ni un rastro de él. "

"¿Tal vez sea hora de ir a otros lugares?" Sugiere Walker.

"¿A dónde vamos ahora?" Pregunta De La Rosa.

"Vamos a los clubes y bares locales. Podríamos acabar encontrándolo por ahí."

"Eso espero, por el bien de él. Dijeron que hay un precio por su cabeza."

"¿Por qué? No parece ser alguien especial".

"Es un veterano del Ejército de Operaciones Especiales de Estados Unidos que supongo habría participado en operaciones encubiertas. Tal vez sabe demasiado y ahora que es un hombre destrozado alguien lo quiere callar".

"¿Crees toda esa basura?"

"Bueno la llamada que recibimos sonaba bastante seria, así que tenemos que seguir adelante. Puede que sea un veterano delirante y tal vez sea alguien real. Tenemos que investigar esto a fondo para estar seguros. "

De La Rosa enciende el sedán y manejan por las calles de la ciudad en búsqueda del hombre.

CAPITULO CINCO

Nathan Christopher bebe como un pez, sin embargo, sigue estando sorprendentemente alerta. Vanessa Del Rio lo atiende a través de la noche. Aunque parece un poco desaliñado, ella se siente extrañamente atraída hacia él, como una paloma hacia la luz. Ella tiene la sensación que él es de alma gentil.

"Es hora de cerrar, es la última llamada para otra bebida, la última llamada."

"Voy a tomar otro doble."

"Lo siento señor, pero usted ya ha tomado demasiado. ¿Puedo llamarle un taxi?"

"No, gracias, llegue caminando aquí y voy a salir caminando."

El espera hasta que la barra se despeja.

"Señor, estamos cerrando. Va a tener que salir ahora. "

Se siente la conexión entre ellos y le pregunta si podría esperar y acompañarla.

"Perdona, hola, mi nombre es Nathan Christopher. ¿Te gustaría tomar un café conmigo? "

Ella lo piensa, pero no por mucho tiempo, ella alarga su mano y él la toma saludándola y presentándose.

"Claro, me gustaría. Tony, ¿te importaría cerrar esta noche? "

"No, en absoluto 'Nessa, que tengas buen día".

"Adiós, Tony."

"Nos vemos esta noche, cariño."

Nathan Christopher sostiene la puerta abierta para ella y la sigue al salir. Ellos siguen su camino en dirección a la cafetería que opera las veinticuatro horas: mientras tanto él se mantiene alerta todo el tiempo.

"¿Así que acabas de llegar a la ciudad?"

"Bueno, casi. Acabo de salir del servicio. "

"¿Del servicio?"

"Sí, del ejército de los Estados Unidos. "

"Así que ¿tú eres un soldado?"

"Lo fui, cerca de doce años."

"¿Por qué saliste del servicio? Todavía eres muy joven. ¿Cuántos años tienes, treinta y tantos años? "

"Sí, tengo treinta y cinco años. "

"Nunca respondiste a mi pregunta.

"¿Cuál?"

"¿Por qué saliste del servicio?"

"Me dejaron ir...Larga historia; es mejor dejarlo para otro momento."

Ellos siguen en silencio y se da cuenta que dos individuos los han estado siguiendo las últimas dos calles.

"No ahora", piensa.

Trata de mantener la calma; no quiere asustar a Vanessa. Él la acompaña hasta la cafetería más cercana y entran los dos. Él elige un lugar al fondo de la cafetería. Se sienta con la espalda hacia la pared y no pierde de vista la puerta principal. El lugar está casi vacío. La camarera se acerca a ellos.

"Bienvenidos al Café Latte. Mi nombre es Caridad. ¿Puedo tomarles la orden?, dice con un acento sureño.

El no puede dejar de preguntarse de qué parte del sur es y que la trajo a Filadelfia.

"Voy a tomar un café, negro y súper dulce".

"Ustedes mismos arreglan el café, el azúcar está ahí," Caridad responde mientras señala el recipiente de azúcar sobre la mesa.

"Hazme un cappuccino", Vanessa responde.

"Muy bien, un café negro y un cappuccino que viene en seguida."

La camarera se retira para traer lo que ordenaron. La puerta principal se abre y dos hombres entran en la cafetería. Nathan Christopher se pregunta si son los mismos que los seguían a él ya Vanessa. A primera vista le parecen como fantasmas o federales. Luego trata de convencerse de que podrían ser hombres de negocios. Sin embargo se pone nervioso y discretamente los vigila.

CAPITULO SEIS

El Agente Especial De La Rosa y su compañero continúan su búsqueda, que hasta ahora no ha dado ningún fruto. Con una foto en la mano checan en los clubes nocturnos y bares. En su búsqueda se encuentran todo tipo de personajes raros. Esto lleva a la observación del Agente Especial Walker.

"Los monstruos salen de noche."

Han pasado cuarenta y cinco minutos y han buscado de arriba abajo a su sujeto, Nathan Christopher. Ahora llegan a *Tony's Bar and Grill*, se estacionan y salen de su vehículo. Caminan en el interior y observan una figura solitaria en el bar hablando con la camarera. Es él, lo han encontrado. Rápidamente deciden salir y esperar.

A los pocos minutos que ven a la camarera y al sujeto salir del bar. Ellos los seguirán de cerca sin ser vistos. Permiten que la pareja camine una calle adelante y luego los persiguen. Esto es parte de su vigilancia; la protección podría formar parte de lo que se les ordeno, en caso de presentarse una amenaza. No saben que Nathan Christopher ya los descubrió y está tratando de evadirlos. Siguen a Nathan Christopher y la camarera hasta que entran al *Café Latte* y eligen un lugar cerca de la entrada de la cafetería. Se sientan y esperan. Ellos no se acercan a él para interrogarlo todavía. No quieren fomentar sus posibles alucinaciones. Su objetivo por ahora es observar.

CAPITULO SIETE

La camarera vuelve con su orden y la coloca sobre la mesa.

"¿Puedo servirles algo más?

"No, gracias", Vanessa responde.

La ansiedad de Nathan Christopher amenaza con abrumarlo. Las bebidas que consumió en el bar están perdiendo su efecto. Se está poniendo sobrio y las voces en su cabeza, aunque débiles, tratan de volverlo loco. Él mira a Vanessa y queda impresionado por su exótica belleza. Sus hermosos, grandes y redondos ojos castaños y labios sensuales acentúan su bronceado cutis oliva; su cabello era largo, marrón y ondulante. Ella tiene el rostro de un ángel y el cuerpo de una diosa.

"Aterriza Nathan," Vanessa dice en voz alta.

"¡Oh! Lo siento. Me perdí en el espacio durante un minuto. "

"Así que dime, ¿por qué el ejército te dejo ir?"

"Soy un hombre destrozado".

"¿Qué quieres decir?"

"Tuve una crisis nerviosa, pero no te preocupes estoy bien ahora. Los medicamentos que tomo me estabilizan."

"Pobre hombre. ¿Cómo sucedió? "

"La muerte de mi padre fue la gota que derramo el vaso."

Nathan Christopher mira a los dos hombres que entraron en la cafetería anteriormente y disfrutan un poco de café. Parecen totalmente despistados y eso lo tranquiliza un poco.

"¿Tu padre murió? ¿Cuándo? "

"Hace dos años, el pasado agosto".

"¿De qué?"

"Aneurisma".

"Lo siento mucho."

"Gracias, bueno lo suficiente acerca de mí. Háblame de ti".

"¿Qué quieres saber?"

"¿Cuánto tiempo has trabajado en *Tony's Bar & Grill*?

"Alrededor de un año. Pronto me iré a la Universidad de Drexel para estudiar psiquiatría."

"¿Grandioso, tú debes pensar que soy un demente total?"

"No, en absoluto, me solidarizo contigo."

El tiempo pasa, se conocen mejor, intercambian números de teléfono celular y deciden dejar el café. Nathan Christopher paga la cuenta y deja una generosa propina en la mesa. Vanessa le da un beso en la mejilla y se va.

"Llámame esta noche", dice mientras sale.

Nathan Christopher sale de la cafetería y se dirige a casa. Echa un vistazo a su reloj que marca las cuatro otres. En pocas horas saldrá el sol y con él vendrá una sensación de alivio para él. Su encuentro con Vanessa lo dejó caminando por las nubes, bajó su guardia; ajeno a su entorno. Los dos hombres en el café, esperan unos minutos

y luego continúan siguiendo a Nathan Christopher. De
La Rosa persigue a pie, mientras que su pareja se va por
su coche. Quedan de acuerdo para encontrarse fuera del
domicilio de Nathan Christopher.

CAPITULO OCHO

Jueves, a las cuatro cuarenta y ocho de la mañana. Una figura solitaria con un rifle de francotirador se pone en cuclillas en una azotea. Ha hecho este tipo de trabajo antes, pero nunca en territorio estadounidense, y nunca fue su objetivo un ciudadano estadounidense. Esto lo pone algo indeciso acerca de su misión. Él recibe una llamada en su teléfono celular encriptado que pone sus nervios de punta.

"Háblame".

"¿Ha logrado su objetivo, Agente Zero"?

"Negativo. Veo el objetivo ahora, pero todo está muy caliente en este momento. "

"¿Caliente"? ¿Por qué está caliente? "

He visto a los federales vigilarlo. Si tiro ahora, me temo que sería capturado. "

"Bien, aborte la misión por ahora. Vamos a encontrar otra manera de conseguirlo. Permanezca alerta. Es posible que necesitemos de sus servicios más tarde. "

El Agente Zero desmonta su arma, la empaqueta y hace una rápida retirada. Nathan Christopher llega a salvo a casa, sin saber lo cerca que estuvo de su propia muerte.

CAPITULO NUEVE

Los Agentes especiales De La Rosa y Walker decidieron regresar a la oficina. Son las seis de la mañana y están agotados, hora de finalizar el día y volver a casa.

"Te dije que este caso es falso, el hombre es sólo un loco, y nadie está tratando de matarlo."

"No sé Walker. Tenemos que checar esto lo mejor que podamos. "

"Pues nada sucedió esta noche."

"Tal vez tengas razón. Cuando regresemos, entregamos nuestros informes y con suerte, nos sacan de este caso".

Llegan a la oficina y van directo a sus respectivos escritorios para escribir sus informes.

"¡De La Rosa, Walker, a mi oficina, ahora!" su supervisor grita al verlos entrar en la oficina.

Desvían su curso y va derecho a la oficina del Agente Roger Atwood de la oficina especial. De La Rosa y Walker han sido pareja de trabajo desde hace cuatro años y a través de ese tiempo han llegado a apreciar el conocimiento y asesoría de su supervisor. Roger Atwood es un hombre de pocas palabras, sin embargo es fuente de conocimientos.

"Entonces, ¿Qué es lo pasa con el caso de Styles?"

"Lo seguimos todo el camino a casa desde un bar esta mañana y no pasó nada."

"Creo que el chico es solo otro veterano delirante".

"¿Y tú De La Rosa?"

"No creo que él esté a hora claramente en peligro".

"Entonces, cierren el caso, no tenemos los recursos para gastar".

CAPITULO DIEZ

En un callejón oscuro una transacción ilegal se lleva a cabo. Este es el lugar que eligió Estacado para reunirse con Giovanni De Rossi, un terreno neutral, oculto y discreto.

"Sabemos acerca de tus vínculos con la familia Romano", afirma Estacado.

"No sé de lo que estás hablando."

"Sabemos todo sobre ti, somos del gobierno".

"No pueden probar que yo haya hecho nada ilegal".

"Es por eso que te queremos a ti. Eres rápido y limpio. Estamos del lado del gobierno que se ocupa en la contratación de personas como tú. "

"¿De gente como yo? ¿Para qué? "

"Queremos a alguien muerto y queremos que tú te hagas cargo del trabajo. Te daremos cincuenta mil dólares por adelantado y cincuenta mil dólares cuando el trabajo este hecho. "

"¿Quién es el marcado?"

"Toma, este archivo contiene toda la información que necesitas."

CAPITULO ONCE

*¡Ring, ¡ring, ¡ring!*Por la resaca tarda unos segundos en darse cuenta de que la llamada no es nada más su imaginación, sino que es su teléfono celular. Nathan Christopher atontado alcanza el teléfono y contesta.

"¿Sí?"

"Buenas tardes, dormilón."

"¿Quién es?", se pregunta todavía medio dormido.

"Soy yo, Vanessa. "

"Oh, hola."

Checa la hora y el reloj marca launa y cuarto.

"¿Qué sucede?"

"No mucho, como te sientes como para reunirnos para un almuerzo tarde? "

"Claro, dame unos minutos para prepararme. "

"Muy bien. Nos encontraremos afuera del *Café Shakey's* en la calle Sur en

Cuarenta minutos. "

"Está bien".

"Te veo más tarde".

"Adiós".

Lentamente se levanta de la cama, coge el abrigo, mete la mano en el bolsillo y extrae el frasco de medicamento anti-psicótico. Lo abre, pone una pastilla en su boca y se la traga. Él se dirige al baño con una necesidad urgente de orinar. Después de desocuparse de ese asunto urgente, comienza a arreglarse rápidamente para su cita. La paranoia y las voces hoy no son tan fuertes. Él considera que eso es una bendición de Dios.

Dos y cuarto de la tarde y llega a la cafetería. Lo que no sabe es que lo está siguiendo una figura siniestra. Encuentra a Vanessa sentada en una mesa en la esquina en la parte de atrás de la cafetería y se acerca a reunirse con ella. El establecimiento no está demasiado lleno. Esto ayuda a aliviar su ansiedad. Se sienta con la espalda hacia el edificio proporcionándole una buena vista hacia afuera de la cafetería. No está tan fresco como ayer, de hecho, hoy estáin usualmente caluroso. Nathan Christopher checa rápidamente la zona. Era un café pintoresco con macetas colgando por todos lados.

"Hola".

"Hola, a ti. ¿Dormiste bien? "

"Sí, sorprendentemente. Siento llegar tarde. "

"Está bien, yo acabo de llegar."

A medida que entablan conversación, Giovannie camina entre las mesas, saca un arma con silenciador, apunta a la cabeza de Nathan Christopher, dispara un tiro y se escapa.

CAPITULO DOCE

Antes de que la camarera pueda llegar a su mesa una sola bala atraviesa el aire y pega en una maceta colgando a solo pulgadas de la cabeza de Nathan Christopher. La maceta explota. Vanessa grita. Los clientes del café están asombrados. Nathan Christopher instintivamente voltea la mesa y tira a Vanessa detrás de él para cubrirla. Los clientes del café recuperan rápidamente sus sentidos y al darse cuenta del peligro les da pánico.

Se desata un infierno en el café mientras la gente se dispersa a los cuatro vientos. Nathan Christopher examina el área desde atrás de la mesa. No hay moros en la costa. Sólo el personal de la cafetería permanece. Se pueden oír a la distancia las sirenas de la policía.

"Es hora de irnos."

Él agarra a Vanessa del brazo y la ayuda a pararse.

"¡Oh, Dios mío!¿Qué diablos está pasando? "

"¡Te lo explicaré más adelante, pero ahora tenemos que irnos!"

Salen corriendo precipitadamente de la cafetería.

"Vamos a mi casa está más cerca", dice Vanessa casi sin aliento, todavía corriendo.

"Guía el camino".

Al llegar a su domicilio Vanessa, todavía asustada, comienza a mirar histéricamente a Nathan Christopher.

"¿Qué demonios ha pasado? ¿Estás involucrado con la mafia?¿Por qué te dispararon?"

"Cálmate y deja que te explique."

Se toma un momento para revisar a su alrededor. El apartamento de Vanessa es ordenado y limpio. Las paredes están decoradas con arte abstracto. El mobiliario es postmoderno, a diferencia de su apartamento de mal gusto con su mobiliario antiguo. Se detiene en sus reflexiones, respira profundamente y exhala.

Yo trabajaba en operaciones especiales cuando estaba en el ejército—operaciones negras. A mi modo de ver, alguien del alto mando me quiere bajo tierra, pero todavía sigo sin descubrir por qué razón. "

"Operaciones negras, ¿qué es eso?"

"Hacer trabajo sucio extra oficial que ninguna otra unidad de operaciones especiales se atrevería hacer."

"¿Tales cómo qué?"

"Trabajos clasificados, algunas veces extra oficiales. Cosas feas que te harían cambiar tu opinión acerca de mí de ser una buena persona. Realmente no puedo decir nada más sobre esto".

"Entonces, ¿qué piensas hacer al respecto?¿Puedes llamar a los federales? "

"Mi hermana trató de hacer eso, pero antes de que pudieran rastrear la llamada, les colgué el teléfono. No puedo confiar en el gobierno. Sólo Dios sabe la profundidad de esta conspiración. Además, probablemente van a ver mi archivo de la sala psiquiátrica de Asuntos de Veteranos y van creer que estoy loco. La única alternativa que tengo es llevar la lucha de nuevo a ellos, sea quien sea".

CAPITULO TRECE

Fort Bragg, Carolina del Norte. En un húmedo búnker subterráneo dos misteriosas figuras comparan notas sobre la Operación Matar al Sargento Styles también conocida como Operación Beso. Sólo veinticuatro horas en la operación y las cosas no van exactamente como estaba planeado. Se supone que se trata de un trabajo rápido, sin embargo, su objetivo ha mostrado ser difícil de matar.

"El mafioso que usamos falló."

"Es muy difícil encontrar buena ayuda hoy en día. Creo que recibiremos un reembolso."

"¿Qué hacemos ahora? No podemos enviar a operaciones especiales contra él, no es bueno para su moral tener que matar a uno de los suyos."

"Es demasiado peligroso que ande por la calle con su mente fallándole por la forma en que está. Él podría soltar la sopa sobre nuestras operaciones negras no autorizadas. No necesitamos a los federales encima de nosotros".

"¿Qué hacemos al respecto?"

"Envía al Agente Zero de nuevo para hacer el trabajo."

"¡Sí, señor!"

"¿Ahora, que es lo que nuestro hombre en la calle ha sido capaz de descubrir?"

"Estacado se enteró de que Styles tiene una novia. ¿Tal vez podamos utilizarla como influencia para atraerlo?"

"Si vuelve a fallar el Agente Zero que se una a Estacado, Richards y Dante. Haga que secuestren a la muchacha y úsenla como carnada".

CAPITULO CATORCE

La ansiedad de Nathan Christopher está por las nubes. Busca en el bolsillo de su abrigo, saca un frasco de medicamento contra la ansiedad, abre la tapa y traga dos pastillas. Se pregunta y se preocupa por lo que debe hacer a continuación; buscar a sus asesinos antes de que lo maten. Él no sabe qué organización esta tras de él o quien los hayan enviado tras de él. Así que la pregunta sigue siendo: ¿Cómo cazar fantasmas? Sus inquietudes son interrumpidas con la pregunta de Vanessa.

"Así que ¿por dónde empezamos?"

"¿Nosotros?"

"Sí, nosotros, no voy a dejarte en esto solo. "

"Vanessa, éste es un asunto peligroso. Esto no es un juego. "

"Yo sé que la cosa es grave y peligrosa, pero yo voy a ayudarte".

Sus miradas se cruzan y el mensaje es muy claro. Él la jala hacia él. Se abrazan y comienzan a besarse apasionadamente. Poco a poco empieza a desnudarlo y él hace lo mismo y comienza a desnudarla. Torpemente se dirigen al dormitorio aventando la ropa en el camino.

Dos horas más tarde. Nathan Christopher comienza a recoger su ropa y vestirse.

"Vuelve a la cama."

"No, no puedo, tengo que llegar a casa y tú tienes que ir a trabajar. "

"Bueno llámame si me necesitas."

"Lo haré", responde mientras se dirige hacia la puerta.

El desearía haberse quedado con Vanessa, pero asuntos más urgentes ocupan su mente, cuestiones de vida o muerte. Camina a la tienda de la esquina, compra un paquete de cigarrillos, sale y enciende uno. Comienza su viaje a su casa y lo asalta un grave ataque de paranoia. Su mundo empieza a salirse fuera de control, y las voces comienzan a regresar. Está a punto de entrar en un estado delirante en el peor momento posible. Toma su medicamento anti-psicótico, pero va tomar tiempo para hacer efecto. Debe llegar pronto a casa, se siente demasiado vulnerable en este momento. Mira alrededor mientras camina a casa, vigilante de cualquier posible peligro contra su vida. Un vagabundo pasa rozándolo y Nathan Christopher lo elude. ¿Podría ser un asesino encubierto?¿Por dónde vendrá el asalto? Trata de seguir concentrado, pero las ideas del irantessiguen empeorando.

El se acerca a su domicilio y se tropieza con un hombre que lleva un maletín de viaje grande. Sus miradas se cruzany Nathan Christopher reconoce instintivamente la mirada de un asesino frío, de piedra, la mirada de un francotirador.

CAPITULO QUINCE

Desde hace tres horas. El Agente Especial Walter De La Rosa está sentado en su escritorio revisando papeles, cuando se acerca su colega.

"¿De La Rosa, se enteró del tiroteo que tuvo lugar en *Shakey's Outdoor Café*?"

"No, pero ¿por qué te preocupa?¿Que no son los muchachos locales los que manejan ese tipo de cosas? "

"Sí, pero parece que la descripción es la de nuestro muchacho, el Sr. Styles, era el objetivo previsto. "

"¿Le dispararon?"

"No, el tirador falló."

"Bueno, ¿qué hacemos ahora? "

"No sé".

"Creo que debemos ver si se vuelve a abrir el caso, pero primero debemos consultarlo con Atwood."

El Agente Especial De La Rosa y su compañero van a la oficina de su supervisor como hombres en una misión. Ellos golpean la puerta y él les ordena que entren. Atwood les ordena reabrir el caso y los envía a proteger al Sr. Styles.

CAPITULO DIECISEIS

Vanessa Del Rio se encuentra recostada en su cama *"queen size"*. Ella no puede evitar preocuparse por la difícil situación en la que está Nathan Christopher. En el breve tiempo que tienen de conocerse ha desarrollado una cierta simpatía por él. Después de todo, era alto, con nariz romana y una mandíbula cincelada, por lo que lo encontró totalmente sexy. Su bronceada tez oliva, físico delgado, ojos marrones y pelo corto y oscuro lo hizo aún más atractivo para ella. Su apariencia extranjera hacía difícil descifrar su origen étnico.

Ahora su vida está en peligro y no sabe qué hacer para salvarlo. Esto le molesta más de lo que había imaginado. Ella se levanta y se dirige a la ducha. Tal vez ella pensará en una solución a su dilema mientras se prepara para ir al trabajo.

Después de una hora está lista para ir a trabajar. Toma las llaves y su teléfono celular y ruega para que Nathan Christopher esté bien. Abre la puerta y se va.

CAPITULO DIECISIETE

Nathan Christopher se acerca al extraño que carga un maletín de viaje grande en la mano, y lo agarra como un hombre poseído.

"¿Qué estás haciendo?" El Agente Zero le pregunta, sorprendido por lo que ha hecho.

El forcejea y tira al suelo al Agente Zero y es detenido por dos individuos. Le quitan de encima a Nathan Christopher quien se levanta y trata de echarse a correr.

"¡Suéltenme! ¡Déjenme ir! "

"Ya, ya señor, somos del FBI y acaba de asaltar a una víctima inocente. Estamos dispuestos a pasar por alto esto debido a que tenemos asuntos más importantes por tratar con usted, Señor Styles.

"¡Ese era un francotirador y lo dejaron escapar!"

"Está bien, está delirando", afirma el Agente Especial Walker.

"Podría ser, pero tal vez tenga razón en algo. ¿A dónde se fue el otro tipo? "

"Se escapó sin dejar huella. No hay manera de que lo encontremos ahora. "

"¡Genial! ¡Simplemente genial! Hay gente que me quiere matar y ¡deja que uno de ellos se escape! "

"No hay manera de probar que el caballero era un francotirador..."

El Agente Especial De La Rosa es interrumpido a mitad de la frase por Nathan Christopher que estaba enfurecido.

"¡El era un francotirador! Lo pude ver en sus ojos y en el maletín de viaje grande que llevaba ¡traía un rifle! "

"Sea como sea, ya se ha ido. Estamos aquí para hacerle algunas preguntas y protegerlo".

"Entonces vamos adentro de mi apartamento. No me siento seguro aquí en la calle. "

Los dos agentes federales le acompañan a casa. Ya adentro, buscan en la vivienda para asegurarse de que está seguro y proceden a hacerle preguntas a Nathan Christopher. Él responde lo mejor que puede, pero las ideas delirantes y las voces siguen causando estragos en su cabeza. Podría tomar una aspirina, mejor aún, un frasco entero de aspirinas para combatir el dolor de cabeza que le causa su paranoia.

"¿Me puede dar algo de privacidad? Tengo que hacer una llamada. "

"Claro que sí, adelante. "

Entra en su habitación, saca su teléfono celular del bolsillo y marca a Vanessa. El teléfono suena y suena, pero no hay respuesta, solo el correo de voz. Cuelga y vuelve a intentarlo. De repente, la voz de un hombre responde a una de sus llamadas.

"Si quieres ver a tu hermosa novia otra vez, piérdete a los federales y estaremos en contacto".

CAPITULO DIECIOCHO

Nathan Christopher se desliza hasta la ventana de su dormitorio, sale y escapa por la escalera de incendios. Baja la escalera con una patada, desciende por los escalones y brinca hacia la acera. A dónde se dirige, no lo sabe. Todo lo que sabe es que tiene que poner cierta distancia entre él y los dos agentes federales que están en su apartamento.

Toc, toc, toc.

"Señor Styles ¿está bien?¿Señor Styles?

De La Rosa abre la puerta y encuentra la habitación vacía y la ventana abierta.

"Walker, lo perdimos. Ha emprendido la huida. "

"Ya te dije que está loco ".

"¡Vámonos! Si tenemos suerte lo encontraremos en la calle en alguna parte. "

CAPITULO DIECINUEVE

Corriendo como si su vida dependiera de eso, Nathan Christopher logra llegar hasta *Tony's Bar and Grill*. Ahí, se da cuenta que Vanessa no está en el trabajo y pregunta si la han visto o si ha llamado. Tony le dice que ella no ha venido a trabajar y Nathan Christopher le informa de los problemas en que ella está involucrada. También advierte a Tony de no involucrar a la policía por el bien y seguridad de Vanessa. Las voces en su cabeza han disminuido, el medicamento que tomó ha empezado a trabajar. Sale del bar de la esquina y se dirige a la casa de su hermana. Antes de llegar allí su teléfono celular suena.

"Hola", responde casi sin aliento.

"¿Es Nathan Christopher Styles?" La voz del otro lado preguntó.

"Sí soy yo," se esforzó para decir. "¿Quién habla?"

"Quien yo soy no es importante. Lo que debería ser importante para ti es lo que yo te pida, es decir a menos que quieras que le hagamos daño a tu preciosa novia."

"Muy bien, ¿qué es lo que quiere? "

"Pues a ti, por supuesto. Nos vemos abajo del puente Ben Franklin a la medianoche. Ah, y vienes solo. "

El hombre al otro extremo del teléfono finaliza la llamada y hay silencio. Nathan Christopher mira al reloj son las seis dieciséis de la tarde, cambia de opinión sobre su destino. Decide ir a inspeccionar el área alrededor del puente. Tal vez pueda fraguar una emboscada y encontrar una manera de rescatar a Vanessa. Primero debe tener una idea del terreno antes de la reunión.

CAPITULO VEINTE

Hoy más temprano. Vanessa estaba en camino a su trabajo cuando un vehículo con vidrios polarizados se para delante de ella. El Agente Zero, Estacado y Richards saltan y la agarran. Ella valientemente lucha durante su secuestro, pero por desgracia ellos son muchos. Tres contra uno son pocas las probabilidades de escapar de ellos. Ellos la empujan dentro del vehículo y el conductor se aleja. Mientras Dante maneja, los tres hombres en la parte posterior atan a Vanessa. Luego la amordazan, la golpean hasta dejarla inconsciente y la llevan a un lugar escondido.

"¡Ay!," ella murmura mientras vuelve en sí.

El sudor corre por el rostro de Vanessa y se le ponen los pelos de punta. Ella se encuentra atada y amordazada en un sótano tipo calabozo. El olor a humedad impregna su ropa y molesta su nariz. A través de sus ojos llenos de lágrimas se da cuenta de la escasa iluminación y escucha a hombres hablando cerca de la puerta del sótano. Ella no puede entender lo que están diciendo, lo que aumenta su miedo. ¿Estarán conectados a lo que ocurrió el día de hoy?: el intento de asesinato de Nathan Christopher, o son sólo algunos delincuentes de la calle con planes de violarla y matarla? Su ansiedad está por las nubes y necesita desesperadamente que alguien la busque y la rescate pronto.

CAPITULO VEINTIUNO

De La Rosa y Walker conducen metódicamente por las calles en busca de Nathan Christopher, quien anda huyendo. Por pura suerte lo encuentran caminando en dirección del puente Ben Franklin. Ellos ponen las luces intermitentes, se estacionan y lo siguen a pie.

"¡Señor Styles!¡Señor Styles, por favor, espere! "

Nathan Christopher piensa en correr, pero decide no hacerlo.

"¿Qué es lo que ustedes quieren?"

"Qué tal tratar de mantenerlo vivo, para empezar", replica Walker.

De La Rosa utiliza un acercamiento más tranquilo y empieza a ganarse la confianza de Nathan Christopher, quien les explica la situación y De La Rosa se da cuenta de que van a necesitar apoyo. Él toma su teléfono celular y llama a su supervisor.

"Roger Atwood".

"Ya es hora De La Rosa".

El explica todo a su supervisor y le otorga el apoyo que solicita. A los pocos minutos los federales llegan con la policía local y, como ejército de hormigas, examinan la zona. Ellos colocan francotiradores en las azoteas, toman sus posiciones, y se mantienen fuera de la vista. De La Rosa y Walker llevan a Nathan Christopher a su departamento para que espere ahí hasta la hora designada para regresar abajo del puente.

CAPITULO VEINTIDOS

Filadelfia la ciudad del amor fraternal. Nathan Christopher reflexiona sobre la ironía del lema de la ciudad comparado con su situación actual. Son las ocho y se siente como león enjaulado en su propio apartamento. Sólo faltas cuatro horas más y reza para que el juego de azar de los federales valga la pena. Todavía está inquieto y la ansiedad comienza a sobrevenirle. Va a la silla donde se encuentra el abrigo y busca en su bolsillo. Saca sus medicamentos contra la ansiedad, abre la tapa y toma dos pastillas.

Esto no pasa desapercibido por De La Rosa.

"No se preocupe, lo tenemos todo bajo control".

"No, no lo *tenemos*. ¡Todavía tienen a Vanessa y sólo Dios sabe lo que han hecho con ella! "

"Cálmese, enojarse no ayuda", interviene el Agente Especial Walker.

"Sí, la operación encubierta que planeamos seguramente va a funcionar ".

"Últimas palabras famosas," Nathan Christopher dice quejándose.

Él va a la cocina y comienza a prepararse una taza de café, negro y con azúcar extra.

106

"¿Ustedes quieren un poco de café?"

"Claro que sí."

"Bueno sírvanse ustedes, el café está en la cocina. "

Nathan Christopher pasea por su apartamento con la taza de café en la mano. Regresa a su abrigo que está sobre una silla, busca en el bolsillo y saca el paquete de cigarrillos. Él enciende uno e inhala profundamente, luego deja salir el humo por la nariz. Él se preocupa por Vanessa y por su propia vida si es que el plan de los federales fracasa.

CAPITULO VEINTITRES

Once cuarenta y cinco p.m. Las palmas de las manos de Nathan Christopher se sienten frías y húmedas. Su ansiedad es alta y su capacidad de concentración ha disminuido, todo gracias a su esquizofrenia. No es un buen momento para estar aburrido, él lo sabe, pero hay poco que él pueda hacer al respecto. Él espera en el puente Ben Franklin del lado de Filadelfia. Siente el corazón en la garganta y los nervios de punta. Ha estado en una situación peligrosa antes, pero eso fue cuando él estaba bien, cuando hacia trabajos de inteligencia con la unidad de operaciones especiales. En ese entonces él contaba con elementos de sorpresa, respaldo y escondite, todo lo que ahora no tiene.

Un vehículo se aproxima lentamente, la puerta lateral se abre y un hombre sale de está sosteniendo a Vanessa en vilo. Estacado utiliza como escudo humano a Vanessa, quien está atada, y le apunta una Uzi en la cabeza.

"¡Sal donde podamos verte Styles o le damos a ella!" grita Estacado.

Nathan Christopher camina hacia la luz y disparos de armas de fuego estallan dirigidos a donde él se encuentra.

Vanessa intenta gritar a través de su mordaza, pero sólo logra un grito sordo. Nathan Christopher está herido y cae como un saco de papas. Un francotirador alcanza a Estancado con un devastador tiro en la cabeza, al mismo tiempo que los federales y la policía local rodean el vehículo y capturan al Agente Zero, a Richards y a Dante.

Walker libera a Vanessa de las ataduras y corre rápidamente hacia donde están los paramédicos que atienden a Nathan Christopher. Vanessa llora sin consuelo cuando lo colocan en una camilla y dentro de la ambulancia. De La Rosa ofrece llevarla al hospital y ella acepta con gratitud.

CAPITULO VEINTICUATRO

Hospital de la Universidad de Temple, ocho con nueve, viernes por la mañana. Vanessa, De La Rosa y Walker esperan con nerviosismo en la recepción de la sala de emergencias. El Doctor Rodríguez sale a través de la doble puerta, se acerca a ellos y les informa que Nathan Christopher está bien.

"Por suerte sólo sufrió una herida en la pierna, que atendimos sin problemas. El chaleco antibalas que llevaba puesto le salvó la vida, también tiene algunas costillas rotas pero se las vendamos. "

"¿Puedo verlo?" Vanessa le pide.

"Sí, señora, está siendo trasladado a la habitación cuatrocientos tres en estos momentos. "

Van a reunirse con Nathan Christopher en su habitación del hospital. Al encontrarlo allí, Vanessa corre hacia él, lo besa y lo mima.

Siento interrumpir este momento conmovedor, sólo quería decirle que los perpetradores han sido aprehendidos. Además, nuestra oficina está pidiendo a la sede del FBI una solicitud para una audiencia en el Congreso sobre el asunto", dijo De La Rosa.

"Gracias. El doctor dice que debo estar fuera de aquí en una semana o algo así."

"Buenas noticias. Estaremos en contacto," dice De La Rosa mientras sale de la habitación con Walker siguiéndole.

CAPITULO VEINTICINCO

Nathan Christopher se encuentra en una sala de juntas, rodeado de médicos.

"Señor Styles la primera vez que llegó aquí hace dos semanas en la Sala de Psiquiatría de la Asuntos de Veteranos en Coatesville usted estaba en un estado delirante grave. El FBI lo trajo aquí después de que descubrieron que agredió a un hombre en la calle. Lo hicieron que usted mismo firmara su admisión y ahora que hemos encontrado la combinación adecuada de medicamentos para usted, ya puede usted firmar para ser dado de alta de aquí"

"¿Quiere decir que no es verdad? Lo que experimenté, ¿todo estaba en mi cabeza? "

"Sí, usted divagaba acerca de personas que trataban de matarlo.

"Entonces, ¿por qué mis costillas y la pierna me duelen tanto? "

"Usted se puso necio varias ocasiones y llegó a ser violento. Tuvimos que restringirlo y tranquilizarlo un par de veces; usted se lesionó en el proceso. Su pierna se perforó accidentalmente durante un forcejeo y requirió cirugía. "

"Así que por eso estoy cojeando. Pensé que me dispararon, todo parecía tan real."

"Puede ser que los medicamentos de prueba hayan hecho que usted tu viera alucinaciones. Su hermana lo está esperando en la sala de espera para llevarlo a casa."

Nathan Christopher escucha agridulcemente la noticia. Lo que le entristece más es que ya no hay una Vanessa Del Rio en su vida. Él se levanta de la silla, da gracias a todos por su ayuda y procede a la recepción donde es recibido por su hermana Yobany con un abrazo cálido.

"Vámonos a casa. Tengo la extraña sensación de que algo anda mal".

"Solo estás paranoico."

"Puede que tengas razón."

"En general, ¿Cómo te sientes muchachito?"

"Como un Ave Fénix que resurge desde las cenizas de su propia autodestrucción."

RENACIDO
PARTE III

AGRADECIMIENTOS

Para mis hermanos: Rosa María, Wilfredo, Jr., Alexi, Yobany y Santiago, que siempre han creído en mí.

En Conmemoración de Edwin.

PROLOGO

Hace aproximadamente tres años. Fort George G. Meade, Maryland, hogar de la sede de la Agencia de Seguridad Nacional, donde un experimento de alto secreto es llevado a cabo a espaldas del despistado Sargento de Primera Clase Nathan Christopher Styles. Le dijeron que se reportara a la clínica para la vacuna contra el ántrax, pero la inoculación que va a recibir es mucho más peligrosa de lo que le están diciendo. La vacuna es un arma de guerra biológica experimental y él es el primer sujeto de esta prueba en humanos. El fue seleccionado como tal debido a su alto coeficiente intelectual y sus antecedentes civiles para superar la adversidad desde que era un hombre joven. El sufrió por el divorcio de sus padres, fue un adolescente sin hogar por un tiempo y se las arregló para sobrevivir como un adulto joven antes de enlistarse en el ejército. El Departamento de Defensa obtuvo este conocimiento cuando llevó a cabo su investigación de control de seguridad mientras él estaba en el Entrenamiento Básico hace doce años.

Como buen soldado, él se reporta sin cuestionar lo ordenado. Entra en la clínica, es vacunado y luego sale a su estación de servicio.

Los médicos en la clínica se reúnen en una junta de consejo para discutir el experimento con mayor detalle con los miembros de varias agencias de inteligencia.

"El sujeto parece estar reaccionando bien a la inyección hasta el momento. No hay signos de capacidad mental disminuida."

"¿Así que no es un agente de acción rápida?"

"Al parecer, no. Puede tomar años para determinar qué efectos prolongados tiene este suero en un ser humano, si es que los hay".

De vuelta a su estación de servicio en la Unidad de Fuerzas Especiales, Nathan Christopher comienza a sentirse algo extraño; está empezando a tener alucinaciones y oír voces. Las voces se burlan él y parece como que la gente a su alrededor está conspirando contra él. El hace a un lado las voces de su cabeza lo mejor que puede y trata de recuperar la compostura. No ira a buscar tratamiento médico. El es un soldado y ha sido acondicionado a creer que la búsqueda de ayuda psiquiátrica es un signo de debilidad. Sería una desgracia para él y su unidad si busca algún tipo de ayuda psicológica, o al menos eso es lo que él cree.

Días más tarde, el capitán Nolan Smith, comandante de su Equipo-A, lo vio comportándose de manera extraña, hablando consigo mismo y teniendo cambios bruscos de humor.

"Sargento Styles, por favor repórtese a mi oficina."

Nathan Christopher Styles llama a la puerta del comandante y le pide permiso para entrar. Permiso que es concedido inmediatamente. El Sargento Styles, de pie frente al escritorio del comandante, hace un saludo reportándose, según le fue ordenado.

"Tranquilo, sargento. Por favor, tome asiento."

El Sargento Styles se sienta en una silla frente al escritorio de su superior.

"Sargento, he notado durante los últimos dos días que no se ha estado comportando como usted mismo. ¿Hay problemas en casa? ¿Está bien?"

"No, señor. Todo en casa parece estar bien, pero últimamente me siento como si hubiera un ruido en mi cabeza, voces débiles que amenazan con volverme loco."

Esto le preocupa a su superior quien le ordena buscar ayuda profesional. En este momento no tiene otra opción y se dirige a uno de los pocos psiquiatras de guardia.

Después de una evaluación exhaustiva,

"Sargento de Primera Clase Styles, me temo que tengo malas noticias."

"Escúpalo, doctor. Yo lo puede soportar.

"Me temo que la gama de pruebas que le administramos revelan que usted está comenzando a mostrar signos de esquizofrenia paranoide y un trastorno de ansiedad. Estoy seguro que usted está consciente de que, lamentablemente, esto lo convierte en un peligro para su equipo y el ejército de Estados Unidos.

El psiquiatra recomienda que sea dado de baja en condiciones honorables por razones médicas. Esta noticia le rompe el corazón al Sargento de Primera Clase Styles ya que él se considera un militar de carrera para toda la vida. Desde que era un niño, cuando veía dibujos animados de GI Joe, siempre supo que quería ser un soldado. El ejército se había convertido en un hogar, familia y estilo de vida que lo mantuvo bien equilibrado, independientemente de las misiones peligrosas que había soportado. Ahora este

CAPITULO de su vida está llegando a su fin y se siente una vez más abandonado y solo.

La noticia de su inminente baja llega a oídos de los investigadores que inocularon a Nathan Christopher. Ellos convocan una reunión de emergencia con los agentes que están supervisando el experimento junto con los miembros participantes de la comunidad de inteligencia. Ellos informan a sus colegas sobre los últimos acontecimientos.

"Vamos a tener que vigilar al Sargento Styles incluso después de su baja del ejército."

"Sin duda lo haremos. Después de todo, él ha estado en algunas misiones altamente secretas y el protocolo dicta seguirlo vigilando después de convertirse en civil".

"Creo que nuestro suero biológico funciona. Daña la psique y lo hace con bastante rapidez, como es evidente en el caso del Sargento Styles. Podemos introducir el virus en el suministro de agua potable del enemigo y en pocos días serán un grupo de personas mentalmente incapacitadas. "

"Ahora tendremos que ver qué efectos a largo plazo tiene sobre nuestro sujeto de prueba".

CAPITULO UNO

Día de hoy, Filadelfia, Pensilvania. Nathan Christopher se relaja en su apartamento cuando él decide salir a tomar aire fresco.

Tal vez debería ir a *Tony's Bar and Grill* para tomar una copa, piensa.

Así que camina en dirección a Tony's sin darse cuenta de que lo están siguiendo. Su paranoia, así como su ansiedad, son menos el día de hoy. Es un buen día para él ya que su esquizofrenia paranoide está aparentemente controlada, hasta cierto punto, con su nuevo medicamento. Continúa su camino por las calles de la ciudad. Mira a la multitud caminando en direcciones diferentes y se siente tranquilo entre el público, algo que no había sentido en mucho tiempo.

Llega a Tony's y entra. Después entra quien lo está siguiendo, pero Styles sigue sin enterarse. El toma su lugar favorito en el bar, con la espalda contra la pared y con una vista clara de la entrada principal. Tony se le acerca y le pregunta:

"¿Qué va a tomar?"

"Un ron doble, por favor", le dice con la sensación de un *déjá vu*, como si de alguna manera recordara al camarero. El problema con la esquizofrenia es que afecta partes de la memoria y en este momento no puede recordar a Tony.

"Viene en seguida. "

Tony sirve el ron, pero no dice nada. Sabe que Nathan Christopher debe haber salido recientemente de la sala de psiquiatría y que probablemente no quiere hablar de ello. Así que se pone a manejar su negocio y a sus empleados, y lo deja solo en el bar.

Nathan Christopher, que ya ha pagado por la bebida, la quita de la barra y la tumba. El bar y el restaurante están casi vacíos; el gentío de la tarde aún no ha llegado. Decide salirse e ir a casa de su hermana Yobany. Primero la llamara para asegurarse de que está en su casa. Coge su teléfono celular y le marca.

"¿Hola?"

"Hola hermana, me preguntaba si estarías en casa"

"Sí, estoy en casa. ¿Por qué, vas a venir?",

"Sí, estaba pensando en eso."

"Bien pasa por aquí, voy a preparar un poco de café para ti."

"Gracias, nos veremos en breve."

"Está bien, adiós."

Cierra su teléfono celular y lo pone en su bolsillo. Se levanta del banco de la barra y camina lentamente hacia la entrada principal. Justo cuando está a punto de salir se encuentra con nada menos que con Vanessa del Río.

CAPITULO DOS

Un poco más temprano ese mismo día. Vanessa del Río se encuentra en su departamento a punto de pasar por su trabajo y recoger su cheque de pago. Es su día libre y se pregunta qué ha pasado con su novio. Ella no ha sabido nada de él desde que lo trasladaron del hospital de la Universidad de Temple a la sala psiquiátrica de la Administración de Veteranos en Coatesville. Se acuerda que fue al hospital y le dijeron que los agentes del gobierno lo trasladaron allí. Ella estaba triste y aturdida. Tal vez todavía está allí. Ella trató de visitarlo, pero por razones de confidencialidad de los pacientes, no la dejaron verlo ni hablar con él. Ella piensa que una vez que salga, él la buscara y la llamará. Ella todavía se preocupa por él y reza para que éste bien.

Toma su teléfono celular y le marca a su jefe.

"*Tony's Bar and Grill*, habla Alicia. ¿En qué podemos servirle?"

"Hola Alicia, soy yo, Vanessa. ¿Puedo hablar con Tony?"

"Claro, ahora te lo paso."

Unos segundos más tarde, Tony toma el teléfono.

125

"¿Qué puedo hacer por ti cariño?"

"Solo estoy llamando para ver si los cheques de pago ya llegaron."

"Sí, ya están aquí",

"¡Genial! Voy a pasar en un rato a recoger el mío."

"Pasa cuando quieras, estaré aquí esperándote. "

"Está bien, gracias. Nos vemos más tarde. "

"Bien, nos vemos pronto, cariño."

Click

Ella continúa arreglándose. Después de unos minutos, ella está vestida y lista para salir. Coge las llaves y comienza su caminata corta al bar *Tony's* sin tener idea de la sorpresa que le espera allí.

CAPITULO TRES

El encuentro entre Vanessa y Nathan Christopher no pasa desapercibido por el agente que le seguía. Esto no augura nada bueno para las agencias involucradas. Esperaban que no sospechara que él era el blanco, sino más bien creyera que estaba experimentando un episodio psicótico. La investigación en curso del FBI sobre el asunto era de poco interés para los involucrados. El FBI tiene sus chivos expiatorios y ellos podrían obstaculizar las investigaciones del FBI aparentando tratarse de información de seguridad nacional altamente secreta. Ellos podían manipular al FBI con facilidad y voltear todo esto en contra de Nathan Christopher Styles, si tuvieran que hacerlo.

Ahora, sin embargo, hay un sentido de urgencia. Deben silenciar a Nathan Christopher

antes de que indague sobre la verdad, lo que podría llevarlo hacia la Agencia de Seguridad Nacional y el ejército de Estados Unidos, sacando a la luz el experimento realizado con él, que fue lo que arruinó su carrera militar. El agente mantiene un perfil bajo y observa la interacción entre los dos amantes.

"¡Nathan Christopher!" Vanessa dice asombrada.

"¿Vanessa?" responde confundido

"Sí, soy yo. ¿Cuándo saliste del hospital de Veteranos?"

"Espera un momento...tú no eres real. Yo debo estar alucinando otra vez."

"No, no estas alucinando, soy tan real como puedo ser. ¿Qué te hicieron allá? "

"¿Cómo puede ser? Me dijeron que simplemente estaba alucinando. Lo que me estás diciendo es que el aterrador calvario que vivimos fue real?"

"Sí que fue real."

"Señor, " le grita a Tony "Disculpe, pero, ¿esta dama es real?"

"Tan real como usted y como yo," Tony le responde con una mirada de asombro en su rostro.

Vanessa continua llamando la atención de Nathan Christopher hacia ella, " Los agentes del FBI prometieron que verían si su cuartel general pondría en marcha una audiencia legal en el Congreso sobre el incidente."

"Bueno, obviamente no cumplieron su palabra. Ellos deben ser parte de un encubrimiento"

"Lo dudo..."

"Si no son parte de un encubrimiento quiere decir que hay grandes fuerzas operando aquí. Lo suficientemente fuertes como para bloquear al FBI de indagar demasiado profundo en mi caso."

"Pero, ¿qué te hace tan especial... para que la gente del gobierno te quiere muerto, o por lo menos engañado, después de que su intento de matarte fallo?"

"No sé todavía, pero estoy decidido a averiguarlo."

"Bueno, deja voy por mi cheque de pago y tratare de ayudarte a entender las cosas."

"Está bien, te espero aquí".

Vanessa recoge su cheque y regresa inmediatamente.

"Entonces, ¿Qué hacemos ahora?"

"Vamos a la casa de mi hermana y a pensar de que se trata toda esta conspiración."

CAPITULO CUATRO

Mientras Vanessa y Nathan Christopher salen de *Tony's Bar And Grill*, el agente permanece en su sitio, espera unos minutos y luego sale. Coge su teléfono celular encriptado, marca un número, espera a que le respondan, luego él habla.

"Este es el Agente Bright reportándose... esta es una transmisión segura."

"Hable conmigo, Agente Bright."

"El Sargento, o debería decir el Señor Styles ha encontrado a su amiga y ahora está consciente de que el atentado contra su vida fue real"

"Esto no es una buena noticia...para nada."

"¿Qué propones que hagamos al respecto? "

"Vamos a mantenernos al margen del juego por ahora, tal vez se asuste demasiado como para averiguar la verdad."

"Voy a seguirlo observando y le mantendré informado sobre cualquier novedad."

"Sí, haga eso. Espero recibir un informe de usted sobre la situación cada veinticuatro horas. "

"Lo cumpliré, Señor."

Dicho esto, el Agente Bright cierra su teléfono celular y se dirige al domicilio de Styles para vigilarlo. Lo que no sabe es que tendrá un largo día por delante, ya que Nathan Christopher posiblemente no regresará a casa en toda la noche.

CAPITULO CINCO

Vanessa y Nathan Christopher salen de *Tony's Bar And Grill* y llaman un taxi.

"¡Taxi! ¡Taxi!"

El taxi se detiene y suben.

"¿Para donde amigo?"

"Place mil ochocientos en Warrington."

Después de un viaje de cuarenta y ocho minutos llegan al domicilio de Yobany en Warrington, Pensilvania. Nathan Christopher paga al taxista y, junto con Vanessa, van al apartamento de su hermana. Toca el timbre y espera. En cuestión de segundos Yobany abre la puerta y los deja entrar.

"Hola hermana, ella es Vanessa. Vanessa, ella es mi hermana, Yobany."

"Yobany...¡Qué hermoso nombre!"

"Gracias".

"Hermana, ella es Vanessa de la que te conté... la que pensaba que era una ilusión mía. "

"¿Has estado tomando tus medicamentos? "

"Es verdad, yo soy la que tomaron como rehén. Yo estaba allí cuando le dispararon a tu hermano. El gobierno les mintió. Están tratando de encubrir su intento de asesinar a Nathan Christopher. "

"Discúlpenme un momento, mientras les traigo un poco de café. Luego me pueden explicar qué demonios está pasando aquí".

Yobany va a la cocina y trae una bandeja con tres tazas de café, crema y azúcar y lo coloca en la mesa de café. Nathan Christopher toma una taza, pone una gran cantidad de azúcar en ella y lo mezcla. Vanessa toma una taza también, pone una cucharadita de azúcar, vierte un poco de crema en la taza y lo mezcla. Yobany prepara su taza de café de la misma forma que Vanessa.

Nathan Christopher explica toda la historia a Yobany incluyendo la participación del FBI. Vanessa le ayuda con los detalles.

"Si lo que me estás diciendo es verdad, entonces ¿Qué propones hacer al respecto?"

"Bueno, yo estaba esperando que tu podrías involucrar a tus amigos de los medios de comunicación. Por ejemplo un periodista de investigaciones. En cuanto esto salga a los medios de comunicación, serían tontos si trataran de matarme otra vez. "

"Veré lo que puedo hacer. ¿Qué vas a hacer tú?"

"Yo voy a empezar poniéndome en contacto con un amigo mío en la inteligencia militar en Fort Meade, y ver si puede ayudar de cualquier manera."

Beben su café. Nathan Christopher disfruta de un cigarrillo con su taza.

"Tengo que calmar mis nervios. Mi ansiedad está por las nubes."

Saca su medicamentos contra la ansiedad del bolsillo de su chaqueta, abre el envase, pone una pastilla en su boca, traga y se la baja con un poco de café.

Yobany tiene trabajo que hacer y lo hace bien. Llama a Michael Salfeto, un periodista de investigación del canal siete de noticias en Filadelfia, quien también es su novio. Le explica todo lo que sabe.

"Michael dice que él va a ver esto. El está en camino para entrevistar a los dos Agentes Especiales del FBI que estuvieron involucrados y luego verá que hacer después.

"¡Genial! Esperemos que la comunicación no haya sido interceptada por los que andan atrás de mí."

Nathan Christopher agarra su celular y le marca a un viejo amigo de la inteligencia militar.

"Hola, habla con O'Hara."

"Hola Rich, soy Styles...Estamos en una línea sin seguridad. "

"Hey, Nathan, ¿eres tú? ¿Cómo has estado? Ha pasado mucho tiempo".

"Hey, hombre, realmente necesito hablar contigo ¿Nos podemos ver en *Shakey's Outdoor Café* en Filadelfia?"

"Voy a tratar de llegar allí a las siete ".

"Bien, gracias amigo. Te lo agradezco mucho. Te veo más tarde. "

"Bien. Espero verte pronto. Adiós. "

Nathan Christopher prende otro cigarrillo e inhala profundamente.

"¿Qué pasó?" Vanessa pregunta.

"Nos encontraremos en *Shakey's* en cuatro horas."

Llega el momento de irse y, despidiéndose, le dan las gracias a Yobany por su hospitalidad y ayuda. Yobany dice que va a mantenerlos informados de todo lo que Michael descubra. Su taxi llega y se van.

CAPITULO SEIS

Canal siete de noticias de Filadelfia. Los presentadores de noticias dan la noticia de la noche y luego dirigen su atención a Michael Salfeto quien tiene noticias de última hora afuera de las oficinas del FBI en Filadelfia.

"Este es Michael Salfeto afuera de la Oficina Federal de Investigaciones en Filadelfia, donde el Agente Especial a cargo, Roger Atwood, se ha negado a comentar sobre lo que ellos llaman una investigación en curso sobre el intento de asesinato en noviembre pasado de Nathan Christopher Styles, veterano del ejército de Estados Unidos. "

"¿Nos puede dar más detalles sobre los sospechosos en el complot fallido?" pregunta el presentador de noticias.

"Sin comentarios".

"Si usted lo recuerda, tres de los cuatro sospechosos fueron detenidos y el otro fue baleado y declarado muerto en la escena. Se cree que los sospechosos tenían vínculos con el gobierno de Estados Unidos, sin embargo sigue sin estar claro con qué agencia o agencias. Yo continuare investigando este incidente y le mantendremos informados de cualquier novedad. Regresamos con ustedes Ron y Tiffany. "

"Gracias por la cobertura tan detallada sobre este desconcertante misterio, Michael."

"Este es Ron Timmons, a nombre de Tiffany Davis y todos nosotros en el canal siete de noticias Filadelfia deseándoles buenas noches."

Michael se siente satisfecho con su noticia y le llama a Yobany para hablarle sobre eso.

"¿Has visto las noticias?"

"Sí, estuviste genial cariño."

"Ahora voy a ver a mi chica favorita".

"Bueno, te estaré esperando. "

"Nena, te quiero."

"Yo también te quiero, mi amor."

"Adiós."

Sale y conduce a la casa de Yobany.

CAPITULO SIETE

Fort Meade, Maryland, Cuartel General de la Agencia de Seguridad Nacional. Dos altos oficiales del ejército están en estado de shock después de la información recibida sobre las noticias de Filadelfia.

"La mierda ya se desparramó por todos lados." Los medios de comunicación están indagando sobre nuestra fallida operación"

"¿Qué crees que va a hacer el director si se entera de nuestra participación en este fiasco?"

"De seguro verá que vayamos un tiempo a la cárcel. "

"Nunca nos debimos haber tomado la molestia de hacer el experimento. "

"Lo que deberíamos haber hecho era matar a Styles y hacerlo parecer un accidente "

"Todavía podemos hacer eso, ¿lo sabes? "

"Llama al Agente Bright y da la orden de matar. "

"De inmediato, señor. "

¡Ring! ¡Ring! ¡Ring!

"Este es el Agente Bright...¿Esta transmisión es segura?"

"Sí, lo es. Su misión es encontrar a Styles y silenciarlo de una vez por todas. Has que se vea como un accidente o incluso un suicidio. Nada más que sea rápido y limpio."

"Yo entiendo."

"Nos llamas cuando logres el objetivo"

"Lo cumpliré. Fuera."

El Agente Bright planea la manera de eliminar a Nathan Christopher Styles.

CAPITULO OCHO

Shakey's Outdoor Café. Rich O'Hara se sienta en una mesa y espera a que Nathan Christopher llegue, son casi las siete. El pide una Coca-Cola, entonces ve a Styles que va acompañado de una bella jóven.

"Nathan, por aquí," le señala.

Nathan Christopher y Vanessa caminan hacia donde Rich está sentado.

"Tomen asiento, vamos a hablar".

Nathan Christopher se sienta con la espalda contra una pared y Vanessa se sienta a su lado. Después de algunas breves introducciones, él dice,

"Necesito tu ayuda."

"¿Qué pasa?"

Nathan Christopher explica su calvario en detalle. En ese momento suena el teléfono y ve que es su hermana, se disculpa por un momento y responde a la llamada. Yobany le cuenta sobre la transmisión de noticias y que el FBI todavía están investigando el caso. Le da las gracias por la actualización. A continuación le pasa la información adicional a Rich.

"Voy a hacer algo de investigación por mi parte. Mientras tanto te recomiendo que cuides tu espalda y vayas al FBI. "

Nathan Christopher está ansioso, pero agradecido de que no está escuchando las voces en su cabeza. También está agradecido de que su ansiedad ahora tiene justificación.

"Perfecto. Iré allí ahora. Vamos Vanessa. Oh y Rich, gracias amigo, te debo una. "

"De nada ".

Rich va a Fort Meade, donde trabaja como GS-Once en la sección de inteligencia militar de la brigada como el asistente de S-Dos. Vanessa y Nathan Christopher salen de *Shakey's* y van a la oficina de Filadelfia del FBI mientras que el Agente Bright espera afuera del apartamento de Styles. Tomo la decisión de que la muerte de Style parezca como un suicidio. Cuando Nathan Cristopher vuelva a casa, él forzara la cerradura y lo estrangulada con una cuerda, y luego lo colgara del techo dejando una nota de suicidio escrita en la computadora portátil de su presa.

CAPITULO NUEVE

La oficina de Filadelfia del FBI, donde el Agente Especial a cargo, Roger Atwood, decide celebrar una reunión con los Agentes Especiales De la Rosa y Walker. "¡Díganme, por amor de Dios, que ustedes dos han reunido alguna información útil de los sospechosos! ¡El circo de los medios de comunicación acaba de llegar a la ciudad y están haciendo que parezcamos payasos incompetentes! "

"Cálmese, tenemos un montón de información valiosa de los sospechosos ", dice Walker.

"Sí, tenemos información útil ", dice De la Rosa y continúa,

"Acabamos de enterarnos que son trabajos de especialistas en operaciones negras, asesinos entrenados por el ejército de Estados Unidos. Su misión era sacar con engaños a Styles de su escondite para que pudieran matarlo. Recibieron sus órdenes de un coronel de Fort Bragg, Carolina del Norte, pero él mismo es poca cosa. Después de interrogar al coronel, resulta que las órdenes venían de un general y su personal en la Agencia de Seguridad Nacional."

"Bueno, ¿los tenemos en custodia?"

"No, todavía no. Estos individuos son muy poderosos y cautelosos. Necesitamos más tiempo para obtener sus nombres."

"Bueno, el tiempo no está de nuestro lado. Debemos ejercer presión sobre el coronel en custodia y ver si canta un poco más. "

La reunión es interrumpida por una conmoción fuera de la sala de conferencias. Salen y ven que es Nathan Christopher y Vanessa exigiendo reunirse con De la Rosa.

"Está bien, déjalos", dice De la Rosa.

"¡Necesito que me digan lo que ustedes saben y ahora mismo! Mi vida está en juego, díganme lo que tienen! "

"No puedo comentar sobre una investigación en curso ", dice Walker.

"¡Mierda! Yo soy la víctima aquí y tengo el derecho de saber lo que está pasando"

"Está bien, infórmenlo", ordena Atwood.

De La Rosa le informa sobre todos los detalles que tienen y se sorprende por la información que recibe.

"Pero, ¿Por qué yo?"

"No sabemos todavía".

"Debes haber molestado demasiado a alguien y te quieren muerto", interviene Walker.

"Ahora no es el momento para esto, Walker", dice De La Rosa.

"Te mantendremos al tanto de lo que transcurra, te lo prometemos. "

"¿Tal como prometió una audiencia del Congreso sobre este asunto? " Vanessa réplica.

"Y habrá una, lo prometemos. El cuartel general sólo tiene que detener a todos los involucrados en esta conspiración antes de que puedan actuar. "

"Bueno, creo que voy a dejar que ustedes muchachos se pongan a trabajar, pero por favor ¡manténganme informado! "

Nathan Christopher y Vanessa salen del edificio del FBI.

"Me voy a casa Vanessa, y probablemente no es prudente que me acompañes esta noche"

"Llámame si me necesitas. "

"Tú también has lo mismo."

Se abrazan, se besan, y luego se van por caminos separados, Vanessa a su departamento y Nathan Christopher al suyo.

CAPITULO DIEZ

Fort Meade, Maryland. Rich O'Hara tiene su objetivo, pero primero debe usar su autorización para obtener acceso a los archivos secretos de Nathan Christopher Styles. Intenta su contraseña, pero no puede abrir los archivos. Da gracias a Dios que él siempre ha sido un genio con la computadora y decide entrar al sistema sin permiso -- y entra sin permiso.

Varias horas después no puede creer que haya logrado eludir ser detectado. Abre los archivos y lee todo sobre el experimento y la forma en que se emitió una orden de matar a Rob Rossinelli sólo para ver si Nathan Christopher perdía la cordura y matara a alguien o, mejor aún, se quitara la vida. Decide descargar todos los archivos en discos.

Entonces sale de ese lugar y se dirige a la oficina local del FBI. Una vez allí, le explica todo al Agente Especial a cargo y le dice que la oficina del FBI en Filadelfia va a querer los discos y que deben entregárselos. Todo este tiempo no se ha dado cuenta que lo han estado siguiendo. Mientras está en la oficina del FBI, ponen una bomba en su coche.

Rich deja el edificio del FBI, se mete en su coche que está en el estacionamiento, pone la llave en el switch de encendido y le da vuelta.

Ka-Bum!

En la distancia un hombre llama por teléfono celular encriptado.

"Este es el Agente Cameron...¿es una transmisión segura?"

"Claro que sí es, Agente Cameron, proceda."

"El blanco ha sido neutralizado."

"Buen trabajo, regrese a su base una vez que determine donde enviar los discos. "

"Lo haré. "

La explosión llama la atención de los Agentes Especiales en el edificio y algunos de ellos salen a la calle a ver qué pasaba. Otros marcan números de emergencia, bomberos y rescate a la escena. En el interior, el Agente Especial a cargo se comunica con Atwood en Filadelfia y le explica todo. Atwood le aconseja no enviar los datos a través de e-mail, ya que puede ser interceptado.

"Voy a enviar a los Agentes Especiales De la Rosa y Walker para recoger los discos."

"Por favor hágalo y dígales que tengan cuidado. Alguien acaba de morir por entregarme esta información."

"Los voy a enviar con un montón de respaldos, no te preocupes"

"¡Envíalos lo antes posible, quiero esta papa caliente fuera de aquí tan pronto como sea posible!"

CAPITULO ONCE

Nathan Christopher se acerca a su domicilio, abre su puerta y entra.

¡Ring! ¡Ring! ¡Ring!

"¿Hola?"

"Señor Styles, es Roger Atwood."

"Tengo algunas buenas y malas noticias."

"¿De qué se trata?"

"La buena noticia es que De la Rosa y Walker están en camino para recuperar algunos discos con datos altamente secretos que podrían resolvernos este caso. "

"¿Cuál es la mala noticia? "

"Su vida puede estar en peligro. El señor O'Hara fue asesinado justo después de que entregó los discos a nuestra oficina hermana. "

"¿Rich está muerto?" pregunta solemnemente.

"Sí, me temo que sí. Estoy enviando algunos agentes más para protegerlo a usted y a Vanessa. "

"Vanessa no está conmigo. Ella está en su casa. "

"Voy a enviar a algunos agentes para allá también. No te preocupes."

Su paranoia está elevada, pero, tuvo un mal día y se siente muy agotado.

"Espero que lleguen pronto, porque me voy a la cama."

"Van a estar allí pronto"

"Bien, gracias. Pídales que golpeen la puerta fuertemente cuando lleguen aquí, porque probablemente estaré durmiendo en ese momento. "

"Lo haré. Buenas noches. "

Toma su medicamento antipsicótico y se prepara para ir a la cama. Apaga las luces, dejando que la luz de la luna entre por la ventana, se acuesta y se duerme. Mientras duerme, el Agente Bright forzó la cerradura de la puerta del apartamento de su objetivo, examina sus alrededores y se desliza adentro del dormitorio. Con la velocidad de un leopardo pone la cuerda alrededor del cuello de Nathan Christopher. Cuando tira y la aprieta, Nathan Christopher se despierta y rápidamente comienza a luchar por su vida. Cuando todo parece estar perdido, como si el sueño agridulce de la muerte ya viniera, dos agentes del FBI llegan con armas en la mano y gritan,

"¡Déjalo! ¡Déjalo ir o te disparamos!"

El Agente Bright continúa su ataque y lo matan a tiros. El Agente Especial Romero llama a Atwood y le informa lo que acaba de ocurrir. Nathan Christopher tiene la garganta cerrada y tose mientras el Agente Especial Hayworth quita la cuerda alrededor de su cuello.

CAPITULO DOCE

De la Rosa y Walker, conducen a Maryland con respaldos para recuperar los discos de datos altamente secretos. Llegan a su oficina hermana, consiguen los discos y salen sin saber que están siendo seguidos por el Agente Cameron. No hay incidentes en el recorrido de regreso a la oficina de Filadelfia. El Agente Cameron llama a su superior y le informa de las malas noticias -- la oficina de Filadelfia del FBI tiene los discos. El es instruido para volver a la base y lo hace.

De La Rosa, Walker y sus respaldos se reportan con Atwood.

"Aquí están los discos de alto secreto", dice De La Rosa.

"Bien, ponlos en la computadora y ve si son de alguna utilidad para nosotros."

Insertan el primer disco. Todos los datos a la vista, los datos no fueron encriptados.

"¡Jefe, mire esto!"

Revisan todos los datos en los discos y se sorprenden de lo que encuentran. Atwood llama al cuartel general del FBI y explica todo con gran detalle.

"Tenemos suficientes pruebas en estos discos para encarcelar a esta gente por un tiempo muy largo."

"Estoy de acuerdo", le dice Atwood a su director.

"Además, vamos a ver si podemos iniciar una audiencia del Congreso sobre el proyecto de Nathan Christopher Styles".

"Grandioso. Voy a llamar al juez y pedirle que emita las órdenes de arresto contra los dos generales de la Agencia de Seguridad Nacional. "

"No te preocupes, vamos a hacerlo desde aquí. Nuestros hombres los arrestaran en dos horas. "

"Voy a informar a la víctima de nuestros resultados para que pueda dormir en paz. "

"Hazlo. Mientras tanto, te mantendremos al tanto de nuestro éxito en la detención de los generales".

Atwood suspira con alivio. Los chicos malos pronto estarían bajo custodia y el Señor Styles podrá seguir adelante con su vida.

CAPITULO TRECE

Más tarde esa mañana el Agente Especial a cargo Atwood llama a Nathan Christopher y le informa sobre lo que han descubierto. Nathan Christopher llama a Michael y le da la gran noticia la misma que se da a conocer en los noticieros de la tarde y noche.

¡*Ring! ¡Ring! ¡Ring!*

"Hola, habla Nathan Christopher."

"Hola a ti mismo", dice Vanessa.

"¿Quieres que nos reunamos para almorzar tarde?"

"Claro, es mi día libre. Me gustaría eso."

"¿Qué tal en *Shakey's* en una media hora?"

"Es una cita".

Silencio. Cierra su teléfono celular, coge las llaves y sale por la puerta.

Treinta y ocho minutos más tarde se reúnen en *Shakey's Outdoor Café*.

"¿Entonces los agentes renegados de la Agencia de Seguridad Nacional, la CIA y el ejército de Estados Unidos son responsables de tu esquizofrenia paranoide y trastorno de ansiedad?"

"Sí, ese parece ser el caso. El suero biológico escoge como blanco el punto más débil de la mente y lo explota. Así que, si hay un gen latente de una enfermedad mental, el suero provoca que se active."

"¿Cuántos individuos deshonestos estuvieron involucrados en este lío?"

"Bueno, no nos olvidemos de los médicos en la Asuntos de Veteranos que trataron de ocultar el experimento. Lo bueno de esto es que los nuevos medicamentos que me dieron, aparentemente han erradicado todas las voces que soleá escuchar. "

"Creo que en todo hay un lado positivo."

"No puedo creer que estuvieron dispuestos a matar a Rob y Rich ".

Se asoma por la ventana y se lamenta dentro de sí mismo la pérdida de sus amigos. Trata de no mostrarlo en su aspecto exterior. Debe permanecer fuerte como el Ave Fénix.

"Caramba, te trataron de matar varias veces."

"Supongo que Rob tenía razón en una cosa."

"¿En qué?"

"Que yo, soy como un Ave Fénix, resurjo de las cenizas de la destrucción más fuerte que antes."

"Oh no, ahí vas de nuevo. "

"¿Qué?".

"Te estás poniendo muy filosófico conmigo en este momento. "

"Ja, ja, ja... "

¡Ring!, ¡Ring!, ¡Ring!

"Con tu permiso, tengo que responder a esta llamada. "

Busca en su bolsillo, saca su teléfono celular y contesta.

"¿Hola?"

"¿Habla Nathan Christopher?"

"Sí, soy yo ¿Quién es?"

"Soy yo, Atwood. Sólo quería decirle que hemos abierto la caja de Pandora con este incidente. "

"Cuéntemelo a mi."

"¿Estás listo para testificar en los juicios y ante el Congreso? "

"Sí, estoy. "

"Bien. Voy a estar en contacto contigo durante las próximas semanas. "

"Bien ".

"Adiós".

Nathan Christopher termina su conversación telefónica y mira a Vanessa, explica la llamada que acababa de recibir y luego dice:

"Creo que realmente puedo estar tranquilo ahora."

"Bien Señor Celebridad, ¿Qué piensa hacer ahora?"

"¿Celebridad?"

"Sí, estas en todos los noticieros. ¿Y ahora qué? "

"Creo que voy a tomarme un día a la vez y ver cómo funcionan las cosas. "

BIOGRAFIA DEL AUTOR

Rafael A. Martí sirvió en el ejército de Estados Unidos durante casi seis años. Después de su baja honorable fue oficial correccional e investigador independiente privado. También trabajó como coordinador de operaciones de International SOS, Inc. y fue director general ejecutivo de Casa PRAC, Inc. una organización de servicios sociales sin fines de lucro en el Condado de Cumberland, New Jersey. El actualmente reside en Nueva Jersey. www. RafaelAMartí.com